高宮学園バスケ部の最強プリンス

絶対的エースと隠れイケメンに溺愛されて!?

＊あいら＊・作
ムネヤマヨシミ・絵

集英社みらい文庫

もくじ

登《とう》場《じょう》人《じん》物《ぶつ》

夜《や》光《こう》龍《りゅう》

中《ちゅう》2。バスケ部《ぶ》キャプテン。クラブチームで選抜《せんばつ》メンバーに選《えら》ばれるほどの実力《じつりょく》の持《も》ち主《ぬし》で、弱小《じゃくしょう》だったバスケ部《ぶ》を強豪《きょうごう》チームに導《みちび》く。

涼《すず》風《かぜ》陽《よう》

中《ちゅう》1。努力家《どりょくか》で心優《こころやさ》しい美少女《びしょうじょ》だが、本人《ほんにん》は自分《じぶん》の美《び》ぼうに気《き》づいていない。感情表現《かんじょうひょうげん》がニガテで「冷《つめ》たい」と誤解《ごかい》されることも多《おお》い。

千草《ちぐさ》京《けい》

中《ちゅう》2。遅刻常習犯《ちこくじょうしゅうはん》。チャラく遊《あそ》び人《にん》と言《い》われているが、実《じつ》は……？

三鷹《みたか》影《えい》

中《ちゅう》2。無口《むくち》だが優《やさ》しい。メガネに隠《かく》された素顔《すがお》には、ヒミツが……？

黒世《くろせ》宮《みや》

中《ちゅう》1。可愛《かわい》い見《み》た目《め》に反《はん》してダウナー系《けい》。やや人見知《ひとみし》り。

白世《しろせ》壱《いち》

中《ちゅう》1。関西出身《かんさいしゅっしん》で、元《もと》不良《ふりょう》。幼《おさな》い妹《いもうと》や弟《おとうと》の面倒《めん》をよく見《み》るアニキ肌《はだ》。

朝霧《あさぎり》虎《とら》

中《ちゅう》2。陽《よう》の幼《おさな》なじみで、サッカー部《ぶ》の次期《じき》キャプテン。陽《よう》のウワサを聞《き》き、幻滅《げんめつ》して、陽《よう》をサッカー部《ぶ》から追《お》い出《だ》してしまう。

あらすじ

わたし、涼風陽《すずかぜよう》。中《ちゅう》1です。
一《ひと》つ年上《としうえ》の幼《おさな》なじみ、
虎《とら》くんに誘《さそ》われて、
サッカー部《ぶ》のマネージャーを
やっていたの。
毎日《まいにち》忙《いそが》しいけど、
すごく頑張《がんば》ってたんだ……！

——でもある日《ひ》、先輩《せんぱい》マネージャーさんに悪事《あくじ》を
でっち上《あ》げられて、サッカー部《ぶ》を追《お》い出《だ》されてしまったの。

たったひとつの、わたしの居場所《いばしょ》、
だったのに……

「バスケ部《ぶ》のマネージャーに
なってくれないか?」

落《お》ち込《こ》んでいたわたしを
助《たす》けてくれたのは、
びっくりするほどきれいな
男《おとこ》の人《ひと》——
バスケ部《ぶ》のキャプテン・
夜《や》光《こう》龍《りゅう》先輩《せんぱい》。

バスケ部《ぶ》のみなさんはとっても個性的《こせいてき》！
役《やく》に立《た》ちたくて、練習試合《れんしゅうじあい》を
組《く》んだら……

「瀬戸中《せとちゅう》!?　よくやった！」
「……絶対勝《ぜったいか》つ……」

そんな中《なか》、ひとり不安《ふあん》そうな
影先輩《えいせんぱい》をわたしがサポートする
ことになったんだ。

最後《さいご》の練習《れんしゅう》の日《ひ》、龍先輩《りゅうせんぱい》に
お弁当《べんとう》を作《つく》ったら、すごく嬉《うれ》しそう。

「……おいしい……やばい、しあわせ」

恋《こい》も試合《しあい》も混戦模様《こんせんもよう》!?
一体《いったい》、
どうなるの!?

続《つづ》きは本文《ほんぶん》を読《よ》んでね♪

プロローグ

私立高宮学園《しりつたかみやがくえん》には、絶対的人気《ぜったいてきにんき》を誇《ほこ》る「バスケ部《ぶ》」が存在《そんざい》する。
バスケ部《ぶ》メンバーのひとり、女《おんな》の子《こ》が苦手《にがて》な高身長《こうしんちょう》メガネ男子《だんし》の正体《しょうたい》は……。

「……かわいい」

――超美形《ちょうびけい》の一途男子《いちずだんし》？

練習試合《れんしゅうじあい》に目覚《めざ》まし係《がかり》？　バスケ部《ぶ》のマネージャーになった氷姫《こおりひめ》の愛《あい》され生活《せいかつ》は、ドキドキの連続《れんぞく》！

「ほんと、変《へん》なやつ……」

女《おんな》ぎらいなツンデレ男子《だんし》。

「俺《おれ》もメロメロになっちゃいそう」

女《おんな》の子《こ》ずき（？）でモテモテな頼《たよ》れる先輩《せんぱい》。

「……か、かわいいとか思《おも》ってねーから!!」

やんちゃ系《けい》だけどじつは面倒見《めんどうみ》がいいお兄《にい》ちゃん系男子《けいだんし》。

クールで一途《いちず》なキャプテンとの距離《きょり》にも進展《しんてん》が……？

「俺《おれ》がひとりじめしたかっただけ」

溺愛度急加速《できあいどきゅうかそく》！

おかえり

「俺《おれ》たちは問題児扱《もんだいじあつか》いされてるような、評判《ひょうばん》はよくない部《ぶ》だけど……**陽《よう》が安心《あんしん》できる居場所《いばしょ》になれるようにがんばるから、これからもよろしくお願《ねが》いします**」

いつだってやさしくて、私《わたし》を守《まも》ってくれた龍《りゅう》さん。

臨時《りんじ》のマネージャー期間《きかん》が終《お》わって、もう一緒《いっしょ》にいることはできないって思《おも》っていたのに……

龍《りゅう》さんだけじゃなくて、みなさんも私《わたし》を見《み》てほほえんでくれていた。

居場所《いばしょ》ができたって……思《おも》っても、いいのかな……。

「**こちらこそ……よろしくお願《ねが》いしますっ……**」

私《わたし》……正式《せいしき》に、バスケ部《ぶ》のマネージャーになったんだ……。

うれしくて、ぎゅっと下《した》くちびるを噛《か》みしめる。

「つーことで……」

ん……？

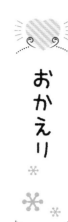

バスケ部《ぶ》のムードメーカー的存在《てきそんざい》の壱《いち》さんが、突然改《とつぜんあらた》まったように私《わたし》のクラスを見《み》わたした。

「涼風陽《すずかぜよう》はバスケ部《ぶ》の人間《にんげん》だから、余計《よけい》なことすんなよ」

まるで守《まも》るようにそう言《い》ってくれた壱《いち》さんにびっくりした。

さっきまで私《わたし》をにらんでいたサッカー部《ぶ》のマネージャーたちが、壱《いち》さんの言葉《ことば》に青《あお》ざめている。

「文句《もんく》があるなら俺《おれ》たちを通《とお》せ」

み、宮《みや》さんまで……。

宮《みや》さんはいつもクールで、自分《じぶん》から発言《はつげん》したりしない人《ひと》。そんな宮《みや》さんが、苦手《にがて》なはずの私《わたし》をかばってくれるなんて……。

「宮《みや》、言《い》うようになったね～」

いつもにこにこしているお兄《にい》さんポジションの京先輩《けいせんぱい》が、からかうように宮《みや》さんの肩《かた》をつついていた。

「う、うるさいですよ」

みなさん、やっぱりいい人《ひと》たちだな……。

さっきまでこわくてこわくて仕方《しかた》なかったのに、バスケ部《ぶ》のみなさんのおかげで、そんな気持《きも》ちはどこかに吹《ふ》きとんだ。

この恩《おん》は、いつかちゃんとかえしたい……。

「りゅ、龍《りゅう》くん、そろそろチャイム鳴《な》るよ」

まじめな影先輩《えいせんぱい》が、時計《とけい》を見《み》て心配《しんぱい》している。

「ああ……。それじゃあ、今日《きょう》も放課後《ほうかご》にむかえに来《く》るから」

龍《りゅう》さんが、ぽんっと私《わたし》の頭《あたま》をなでて、笑《え》みをうかべた。

何度《なんど》されてもなれない頭《あたま》ぽんと笑顔《えがお》のセットに、顔《かお》がぼぼっと熱《ねつ》を持《も》つ。

「あの……俺《おれ》たちの前《まえ》ではほんとにそれ、やめてください……」

「……」

「俺《おれ》も……いつも無表情《むひょうじょう》の龍《りゅう》くんのほほえみ、ちょっとゾッとするな～」

「ゾッとするは失礼《しつれい》だよっ……で、でも、反応《はんのう》に困《こま》るのは同意《どうい》かも……」

みなさん気《き》まずそうな表情《ひょうじょう》をしていて、ますます恥《は》ずかしくなる。

「行《い》くぞ」

龍《りゅう》さんだけはまったく気《き》にしていなくて、最後《さいご》に手《て》をふって教室《きょうしつ》をでていった。

「じゃあまた放課後《ほうかご》な」

「……勝手《かって》に帰《かえ》るなよ」

「陽《よう》ちゃんばいば〜い！」

「ま、待《ま》ってるね……！」

「は、はい……！」

教室《きょうしつ》をでていくみなさんに、ぺこりと頭《あたま》をさげて見送《みおく》った。

みなさんがいなくなると、教室《きょうしつ》はしん……と静《しず》まっていた。

あ、嵐《あらし》みたいだったな……。

びっくりしたけど……わざわざ全員《ぜんいん》で来《き》てくれるなんて……本当《ほんとう》に、うれしかった……。

私《わたし》……バスケ部《ぶ》に、いてもいいんだ……。

改《あらた》めてそう実感《じっかん》すると、うれしくて涙《なみだ》があふれそうになる。

こ、こんなところで泣《な》いちゃダメだっ……。

パチパチとほおをたたいて、涙《なみだ》をひっこめた。

クラスメイトの視線《しせん》を感《かん》じたけど、さっきまでの悪意《あくい》のこもったものとはちがうことに気《き》づいて、ほっとする。

龍《りゅう》さんに……ううん、龍《りゅう》さんだけじゃなくて、バスケ部《ぶ》のみなさんへの恩《おん》がまた増《ふ》えた……。

この恩《おん》を……何倍《なんばい》にもして、かえしたい……。

――キーンコーンカーンコーン。

またあふれそうになった涙《なみだ》を、今度《こんど》はチャイムがとめてくれた。

早《はや》く、放課後《ほうかご》になってほしいなっ……。


「起立《きりつ》、礼《れい》。さようなら」

号令《ごうれい》が終《お》わって、帰《かえ》りの支度《したく》をする。

「陽《よう》」

あ……龍《りゅう》さんっ……本当《ほんとう》にむかえに来《き》てくれたんだ……。

廊下《ろうか》にいた龍《りゅう》さんに気《き》づいて、鞄《かばん》を持《も》ってあわててかけよった。

「おつかれさま」

「お、おつかれさまです！　来《き》てくれてありがとうございます……！」

「ふふっ、行《い》こ」

龍《りゅう》さん、ご機嫌《きげん》……？

教室《きょうしつ》をでて、龍《りゅう》さんと一緒《いっしょ》に部室《ぶしつ》にむかう。

ちらりと横顔《よこがお》を見《み》ると、やっぱりその表情《ひょうじょう》はいつもよりもうれしそうで、首《くび》をかしげた。

「あの……なにかいいことでもありましたか？」

「うん、あった」

龍《りゅう》さんはそう言《い》って、ぴたりと足《あし》をとめた。私《わたし》を見《み》て、にっこりとほほえんでくれる。

「陽《よう》がもどってきてくれた」

えっ……。

ドキッと、心臓《しんぞう》が大《おお》きく高鳴《たかな》った。

私《わたし》がもどってきただけで、こんなにうれしそうにしてくれるなんて……。

私《わたし》までうれしくて、胸《むね》がきゅっとしめつけられる。

「本当《ほんとう》に、バスケ部《ぶ》にもどってきてくれてありがとう」

そんな……お礼《れい》を言《い》うのは、私《わたし》のほうなのに……。

「改《あらた》めて、これからもよろしくね」

目《め》の前《まえ》に差《さ》しだされた龍《りゅう》さんの手《て》。これは……握手《あくしゅ》かな？

その手《て》をそっと握《にぎ》ると、ぎゅっと握《にぎ》りかえされた。

あ、あれ……？

握手《あくしゅ》が終《お》わっても、龍《りゅう》さんは私《わたし》の手《て》をつかんだまま、一向《いっこう》にはなしてくれない。

「あの……龍《りゅう》さん、どうしたんですか？」

「ん？　あ、ごめん……陽《よう》がもどってきてくれたこと、噛《か》みしめてた」

龍《りゅう》さん……。

「わ、私《わたし》も……」

「え？」

「また龍《りゅう》さんといられて……うれしい、です……」

もう、龍《りゅう》さんとも会《あ》うことがなくなってしまうと思《おも》っていたから……。

「陽《よう》……」

ぐいっと、少《すこ》しだけ手《て》をひっぱられた気《き》がした。

え……？

おどろいて顔《かお》をあげたけど、龍《りゅう》さんはそのまま何事《なにごと》もなかったように、そっと手《て》をはなした。

「ありがとう」

び、びっくりした……今《いま》、だきしめられるのかと思《おも》った……って、そんなわけないのにっ……。

ドキドキしている心臓《しんぞう》の音《おと》をかくすように、再《ふたた》び歩《ある》きだした。

部室《ぶしつ》に着《つ》くと、みなさんが外《そと》で待《ま》ってくれていた。

「お、ちゃんと来《き》たか！」私《わたし》に気《き》づいて、にやっと口角《こうかく》をあげた壱《いち》さん。いつも元気《げんき》で、バスケ部《ぶ》のムードメーカー的存在《てきそんざい》。

「涼風《すずかぜ》さん……！」優《やさ》しくて親切《しんせつ》で、温厚《おんこう》な影先輩《えいせんぱい》。

「……逃《に》げたかと思《おも》った」ぶっきらぼうに見《み》えて、実《じつ》はとっても仲間想《なかまおも》いな宮《みや》さん。

「待《ま》ってたよ～」いつも笑顔《えがお》で接《せっ》してくれる京先輩《けいせんぱい》。

声《こえ》をかけてくれたみなさんに、ぺこりと頭《あたま》をさげる。

「お、おつかれさまです……！」

「おつかれ、マネージャー」

壱《いち》さんが口《くち》にしてくれたマネージャーという言葉《ことば》に、じーんとする。

「中《なか》で待《ま》ってればよかったのに」

「お出《で》むかえしようと思《おも》って～」

「宮《みや》くん、陽《よう》ちゃんがいつ来《く》るのかなってずっとそわそわしてたんだよ」

「し、してません……！」

宮《みや》さんが……？

正直《しょうじき》、本当《ほんとう》にバスケ部《ぶ》にもどってもいいのか、少《すこ》し不安《ふあん》だったけど……その不安《ふあん》がぜんぶ吹《ふ》きとんだ。

「に、逃《に》げずに来《き》たことは、褒《ほ》めてやる」

そう口《くち》にした宮《みや》さんのほおが、少《すこ》しだけ赤《あか》くなっている。

「素直《すなお》じゃねーな、おまえは」

「う、うるさい！　……ていうか、涼風《すずかぜ》が正式《せいしき》にマネージャーになってくれるってことは、影《えい》さんもマネージャー業《ぎょう》じゃなくて、プレーヤーとして集中《しゅうちゅう》できるじゃないですか」

「えっ……ぼ、僕《ぼく》は、バスケはあんまり上手《じょうず》じゃないし……」

「龍《りゅう》にスパルタ教育《きょういく》されるかもね～」

「えっ……お、お手《て》やわらかにっ……」

ふふっと笑《わら》った私《わたし》を見《み》て、龍《りゅう》さんもほほえんでいた。

「おかえり、陽《よう》」

〝おかえり〟……。

「は、はい……！」

その四文字《もじ》は私《わたし》に、ここにいてもいいんだと思《おも》わせてくれる、魔法《まほう》の言葉《ことば》に聞《き》こえた。

「それじゃあ、早《はや》く着替《きが》えて部活《ぶかつ》はじめるぞ」

「はいっす！」

元気《げんき》よく返事《へんじ》をして、壱《いち》さんが部室《ぶしつ》をあけた。

……え……。

とびらの奥《おく》の光景《こうけい》に、言葉《ことば》を失《うしな》う。

足《あし》の踏《ふ》み場《ば》もないくらい、床《ゆか》にはものが散乱《さんらん》していて、お菓子《かし》のゴミがいくつも見《み》えた。

臨時《りんじ》マネージャー最終日《さいしゅうび》にかたづけたから、あれから一週間《いっしゅうかん》と少《すこ》ししかたってないはず……。

私《わたし》の視界《しかい》を塞《ふさ》ぐように、目《め》の前《まえ》に立《た》った影先輩《えいせんぱい》。

「あ、あの、決《けっ》してかたづけてほしいからもどってきてって言《い》ったわけじゃないからね……！」

「そんなに散《ち》らかってるっすか？」

「うん、相当《そうとう》散《ち》らかってるね」

壱《いち》さんは自覚《じかく》がないんだ……あはは……。

「……呆《あき》れて、やっぱりやめるとか言《い》うなよ」

ふんっとそっぽをむいた宮《みや》さん。

「私《わたし》、掃除《そうじ》はきらいじゃないので、このくらいで力《ちから》になれるならお手《て》のものです……！」

「おお……！　陽《よう》ちゃんたのもしい……！」

「ごめんね、陽《よう》……」

「そんなに散《ち》らかってるか……？」

「主《おも》におまえが原因《げんいん》でな」

「涼風《すずかぜ》さん……これからもバスケ部《ぶ》をよろしくお願《ねが》いします……！」

その日《ひ》の部活《ぶかつ》が終《お》わって、龍《りゅう》さん以外《いがい》のみなさんが帰《かえ》っていった。

私《わたし》も日誌《にっし》をまとめて、帰《かえ》る支度《したく》をする。

「陽《よう》、おつかれさま」

「おつかれさまです……！」

「久《ひさ》しぶりの部活《ぶかつ》、どうだった？　また宮《みや》たちになにか言《い》われたりしてない？」

「はい……！　みなさん、すごくやさしくしてくれました」

今《いま》までは、宮《みや》さんは私《わたし》に個人的《こじんてき》に話《はな》しかけることはなかったけど、今日《きょう》は「今《いま》のメモしといて」とか「これ直《なお》しといて」とか……はじめて私《わたし》に指示《しじ》をくれた。

たよってもらえてるみたいで、すごくうれしかったな……。

「今日《きょう》、とっても楽《たの》しかったです……！」

「よかった……陽《よう》がいてくれたから、あいつらも部活《ぶかつ》に集中《しゅうちゅう》できてたよ」

そんなふうに言《い》ってもらえてうれしいな……。役《やく》にたてるように、もっとがんばりたい……。

あ、そういえば……。

「バスケ部《ぶ》って、公式戦《こうしきせん》の予定《よてい》とかはまだでていないんですか？」

部活動《ぶかつどう》にはいっている以上《いじょう》、さまざまな公式戦《こうしきせん》がある。

マネージャーとして、公式戦《こうしきせん》のスケジュールは把握《はあく》しておかないと。

「いちばん大《おお》きな大会《たいかい》は、5月《がつ》から予選《よせん》がはじまって、7月《がつ》か8月《がつ》に本番《ほんばん》があるんだ。今《いま》はちょうど終《お》わったところで……冬《ふゆ》にも一応県内《いちおうけんない》で新人大会《しんじんたいかい》っていうのがあるんだけど、それもまだ先《さき》。練習試合《れんしゅうじあい》の予定《よてい》もないし……組《く》めたらいいんだけど……」

龍《りゅう》さんはそう言《い》って、あきらめたようにため息《いき》をついた。

「練習試合《れんしゅうじあい》、組《く》めないんですか……？」

「俺《おれ》も他校《たこう》にたのんだりはしてるんだけど、なかなか試合《しあい》って組《く》んでもらえなくて……特《とく》にうちは人数《にんずう》も少《すく》ないし、評判《ひょうばん》もよくないから……」

そうなんだ……。

校内《こうない》で問題児《もんだいじ》って言《い》われているのは知《し》っていたけど、他校《たこう》にも広《ひろ》まってるのかな……？

「俺《おれ》も公式戦《こうしきせん》にむけて実戦《じっせん》を重《かさ》ねたいし、どんどん試合《しあい》していきたいって考《かんが》えてはいるんだけど……うちは顧問《こもん》も活動《かつどう》に消極的《しょうきょくてき》だから……」

そういえば、バスケ部《ぶ》の顧問《こもん》の先生《せんせい》って見《み》たことない気《き》がする……放任主義《ほうにんしゅぎ》なんだな……。

「まあ、公式戦《こうしきせん》で結果《けっか》を残《のこ》せば、いやでも練習試合《れんしゅうじあい》してくれる学校《がっこう》があらわれると思《おも》うから、地道《じみち》にがんばるしかないかな」

龍《りゅう》さんは今《いま》の状態《じょうたい》を嘆《なげ》いているというよりも、前向《まえむ》きに考《かんが》えているように見《み》えた。

すごいな、龍《りゅう》さんは……。

「陽《よう》と一緒《いっしょ》に、全国大会《ぜんこくたいかい》に行《い》きたいんだ」

え……？

全国大会《ぜんこくたいかい》……？

「前《まえ》にも言《い》ったけど……俺《おれ》は今《いま》のメンバーなら、全国《ぜんこく》も夢《ゆめ》じゃないって本気《ほんき》で思《おも》ってるから」

もちろん、龍《りゅう》さんのその言葉《ことば》はおぼえてる。

私《わたし》も、連《つ》れていってくれるつもり、なんだ……。

「まあそのためには、あいつらのやる気《き》をひきださないといけないけど……みんな、やればできる子《こ》だから大丈夫《だいじょうぶ》」

ふふっ、お兄《にい》さんをとおりこして、なんだかお父《とう》さんみたい。

「応援《おうえん》してます」

私《わたし》の言葉《ことば》に、龍《りゅう》さんはうれしそうにほほえんでくれた。

「ありがとう。絶対《ぜったい》に叶《かな》えてみせるから」

龍《りゅう》さんなら、本当《ほんとう》に叶《かな》えてしまうんだろうな……。

まだ出会《であ》ってからそれほど月日《つきひ》はたっていないけど、龍《りゅう》さんにはそう思《おも》わせる力《ちから》があった。

初《はつ》仕《し》事《ごと》！

夜《よる》になって、ベッドにはいる。

こんなしあわせな気持《きも》ちで眠《ねむ》りにつくのは、久《ひさ》しぶりな気《き》がする……。

今日《きょう》一日《いちにち》をふりかえると、自然《しぜん》と笑《え》みがこぼれた。

マネージャーとして、これからたくさんがんばりたいな……。

あ、そういえば……。

『俺《おれ》も公式戦《こうしきせん》にむけて実戦《じっせん》を重《かさ》ねたいし、どんどん試合《しあい》していきたいって考《かんが》えてはいるんだけど……』

龍《りゅう》さん、練習試合《れんしゅうじあい》したそうだった……。

当《あ》たり前《まえ》だよね……バスケが好《す》きなら、いろんな人《ひと》と戦《たたか》いたいって思《おも》うはずだし、試合《しあい》は自分《じぶん》の実力《じつりょく》をたしかめることができると思《おも》う。

サッカー部《ぶ》も毎週《まいしゅう》他校《たこう》と練習試合《れんしゅうじあい》をしていたし……全国《ぜんこく》を目指《めざ》すなら、試合《しあい》はたくさん経験《けいけん》したほうがいいはず……。

どこか……練習試合《れんしゅうじあい》をしてくれる学校《がっこう》はないかな……。

うーんと頭《あたま》を悩《なや》ませたとき、ある学校《がっこう》がうかんだ。

サッカー部《ぶ》のときに、よく練習試合《れんしゅうじあい》を組《く》んでくれたサッカーの強豪校《きょうごうこう》、瀬戸中学《せとちゅうがく》。

そこのサッカー部《ぶ》の監督《かんとく》の先生《せんせい》が、よくしてくれる人《ひと》で……。

『なにかあったらいつでも言《い》いなさい』

少《すこ》し前《まえ》に、そう言《い》ってもらったことを思《おも》い出《だ》した。

たしか、瀬戸中《せとちゅう》はバスケ部《ぶ》も強豪《きょうごう》だったはず……。

サッカー部《ぶ》の先生《せんせい》に、バスケ部《ぶ》の練習試合《れんしゅうじあい》をたのむのはまちがってるかもしれないけど……もしかしたらバスケ部《ぶ》の顧問《こもん》の先生《せんせい》を紹介《しょうかい》してもらえるかもしれない……。

とにかく、一度会《いちどあ》いにいってみよう……！

早速明日《さっそくあした》の朝《あさ》に行《い》ってみようかな……うん、そう、しよう……。

決意《けつい》したと同時《どうじ》に、眠気《ねむけ》が限界《げんかい》にきたのか、いつのまにか眠《ねむ》りにおちていた。


次《つぎ》の日《ひ》。

私《わたし》は朝《あさ》から、瀬戸中《せとちゅう》にむかった。

となりの県《けん》の学校《がっこう》だけど、そこまで遠《とお》くない距離《きょり》で、電車《でんしゃ》なら一本《いっぽん》だ。

瀬戸中《せとちゅう》のサッカー部《ぶ》は、平日《へいじつ》は毎日《まいにち》欠《か》かさず7時《じ》から朝練《あされん》をしている。朝練中《あされんちゅう》におじゃまするのは申《もう》し訳《わけ》ないから、はじまる時間《じかん》よりも少《すこ》し早《はや》くに学校《がっこう》についた。

鬼城監督《きじょうかんとく》に連絡《れんらく》もしていないのに無断《むだん》で学校《がっこう》にはいるわけにはいかないから、校舎《こうしゃ》の外《そと》のフェンスから運動場《うんどうじょう》を見《み》る。

監督《かんとく》は6時半《じはん》には学校《がっこう》にいるはず……あ、いた……！

「鬼城監督《きじょうかんとく》……！」

フェンス越《ご》しに見《み》えるグラウンド。ベンチにすわっている監督《かんとく》の背中《せなか》が見《み》えて、声《こえ》をかけた。

ふりかえった監督《かんとく》が、私《わたし》を見《み》てぱあっと顔《かお》を明《あか》るくした。

「おお、涼風《すずかぜ》くん……！　久《ひさ》しぶりに会《あ》えてうれしいよ」

最後《さいご》にお会《あ》いさせてもらったのは……サッカー部《ぶ》の練習試合《れんしゅうじあい》をした、一ヶ月半《いっかげつはん》くらい前《まえ》だ。

一ヶ月《いっかげつ》に一度《ど》は練習試合《れんしゅうじあい》をさせてもらっていたから、私《わたし》も久《ひさ》しぶりに感《かん》じた。

「こちらこそ……！　朝練前《あされんまえ》の忙《いそが》しい時間《じかん》に急《きゅう》に来《き》て、すみません……！」

「君《きみ》のように熱心《ねっしん》なマネージャーは少《すく》ないからね、いつでも大歓迎《だいかんげい》だよ」

相変《あいか》わらず、鬼城監督《きじょうかんとく》はいい人《ひと》だっ……。

「サッカー部《ぶ》の練習試合《れんしゅうじあい》かい？　そろそろ来《く》るころかと思《おも》ってたんだよ。ちょっと待《ま》ってくれ、スケジュールを……」

あ……そ、そうだよね……鬼城監督《きじょうかんとく》は私《わたし》がサッカー部《ぶ》をやめたことを知《し》らないから、サッカー部《ぶ》の件《けん》だと思《おも》われて当然《とうぜん》だ。

「あ、あの、今日《きょう》はサッカー部《ぶ》の練習試合《れんしゅうじあい》ではなくて……バスケ部《ぶ》の練習試合《れんしゅうじあい》を、お願《ねが》いさせていただけないかと……」

「バスケ部《ぶ》？　もしかして、バスケ部《ぶ》でもマネージャーをしているのかい？」

「じつは……サッカー部《ぶ》のマネージャーをやめて、今《いま》はバスケ部《ぶ》のマネージャーをしてるんです」

私《わたし》の言葉《ことば》に、鬼城監督《きじょうかんとく》はびっくりしている。

「なんだって……いったいなにがあったんだい？　君《きみ》がサッカー部《ぶ》をやめるなんて、信《しん》じられない。あんなに必死《ひっし》に練習試合《れんしゅうじあい》をたのんできていたのに……」

どうしよう……すごく心配《しんぱい》してくださってるっ……。

「い、いいえ、特《とく》になにかあったわけではありません……!!」

「そうか……困《こま》ったことがあったら、いつでも言《い》うんだよ」

他校《たこう》の生徒《せいと》に、こんなに親切《しんせつ》にしてくれるなんて……。

「ありがとうございます……！」

「ははっ、お礼《れい》なんていらないよ！　ああそうだ、バスケ部《ぶ》の練習試合《れんしゅうじあい》だったね、ちょっと待《ま》ってくれ」

ポケットから携帯《けいたい》をとりだして、どこかに電話《でんわ》をかけた鬼城監督《きじょうかんとく》。

電話《でんわ》がつながったのか、鬼城監督《きじょうかんとく》の表情《ひょうじょう》がかわった。

「私《わたし》だ」

さっきのやさしい笑顔《えがお》はどこにいってしまったのか、地《ち》を這《は》うような低《ひく》い声《こえ》にびくっとする。

「ああ、たのみがある。高宮学園《たかみやがくえん》のバスケ部《ぶ》と、練習試合《れんしゅうじあい》を組《く》んでやってくれ」

もしかして鬼城監督《きじょうかんとく》……バスケ部《ぶ》の顧問《こもん》の先生《せんせい》にたのんでくれてるのかな……？

「……それでいい。たのんだぞ」

監督《かんとく》は電話《でんわ》を切《き》って、にっこりとほほえんだ。

「再来週《さらいしゅう》の日曜日《にちようび》、9時《じ》からでどうかな？」

え……！

まさかこんなにあっさり練習試合《れんしゅうじあい》を組《く》んでもらえると思《おも》わなくて、ぎょっと目《め》を見開《みひら》いた。

「ありがとうございます……！」

「このくらいお安《やす》いごようだよ。バスケ部《ぶ》に用事《ようじ》があったら、いつでも言《い》ってくれ」

鬼城監督《きじょうかんとく》にお願《ねが》いして、よかったっ……。


監督《かんとく》とお別《わか》れをして、私《わたし》も自分《じぶん》の学校《がっこう》にむかう。

練習試合《れんしゅうじあい》、してもらえるんだ……。

龍《りゅう》さん、喜《よろこ》んでくれるかな……。

つい顔《かお》が緩《ゆる》んでしまいそうになって表情筋《ひょうじょうきん》に力《ちから》をいれたとき、前《まえ》から瀬戸中《せとちゅう》の制服《せいふく》を着《き》た男《おとこ》の子《こ》の集団《しゅうだん》が歩《ある》いてくるのが見《み》えた。

「なあ、なんかかわいい子《こ》いるんだけど」

「声《こえ》かけてみようぜ」

なんだろう……こっちを見《み》てこそこそ話《はな》している気《き》がする。

気《き》のせい、かな……。

そう思《おも》ったけど、男《おとこ》の子《こ》たちはこっちに歩《あゆ》みよってきて、私《わたし》の進行方向《しんこうほうこう》を塞《ふさ》ぐように立《た》ちどまった。

「ねえ、君《きみ》この中学《ちゅうがく》の子《こ》じゃないよね？」

「どこの中学《ちゅうがく》？」

「……ていうか、高宮学園《たかみやがくえん》の制服《せいふく》じゃない？」

突然声《とつぜんこえ》をかけられたことに、おどろいて萎縮《いしゅく》してしまう。

「連絡先交換《れんらくさきこうかん》してよ」

「君《きみ》みたいにかわいい子《こ》、はじめて見《み》た」

か、かわいい……？

言《い》う相手《あいて》をまちがえてるんじゃないのかな……こ、この人《ひと》たち、変《へん》だ……。

「ねえ、聞《き》こえてる？」

「……せん」

「え？」

「す、すみません……！」

「あ、待《ま》って……！」

私《わたし》は大《おお》きな声《こえ》であやまって、逃《に》げるように走《はし》りだした。

無我夢中《むがむちゅう》で走《はし》って、体力《たいりょく》が尽《つ》きて立《た》ちどまる。

「こ、こわかった……」

あやしい勧誘《かんゆう》をされるところだったかもしれない……。

無事《ぶじ》に逃《に》げきることができて、ほっと胸《むね》をなでおろした。

因縁《いんねん》の関係《かんけい》？

「休憩《きゅうけい》」

龍《りゅう》さんの一声《ひとこえ》で、みなさんがその場《ば》にすわりこんだ。

今《いま》は、放課後《ほうかご》の部活動《ぶかつどう》まっ最中《さいちゅう》。今日《きょう》はスタミナトレーニングが多《おお》くて大変《たいへん》そうだ……。

私《わたし》は体力《たいりょく》がないし運動音痴《うんどうおんち》だから、見《み》ているだけで息切《いきぎ》れしそうっ……。

「あ～、つかれた……龍《りゅう》さん、最近《さいきん》スパルタじゃないっすか」

「このくらい、クラブチームにはいってたときに比《くら》べたらまだまだだろ」

クラブチーム……？

「あれと部活《ぶかつ》をくらべないでよ～！　強豪校《きょうごうこう》じゃあるまいし～」

あ、そうだ……！

今朝《けさ》、練習試合《れんしゅうじあい》を組《く》んでもらったことを伝《つた》えないと……！

「あ、あの……」

「ん？　どうしたの？」

「じつは再来週《さらいしゅう》の日曜日《にちようび》に、練習試合《れんしゅうじあい》をしてもらえることになって……」

「……え？　練習試合《れんしゅうじあい》？」

私《わたし》の言葉《ことば》に、目《め》を見開《みひら》いた龍《りゅう》さん。

「もしかして……俺《おれ》が昨日《きのう》あんなこと言《い》ったから……？　たのんでくれたの……？」

「は、はい……他校《たこう》によくしてくれる先生《せんせい》がいて……その方《かた》が、お願《ねが》いしてくれて……」

龍《りゅう》さんの表情《ひょうじょう》が、みるみるうちに明《あか》るくなった。

「ありがとう、陽《よう》……！　すごいうれしい……！」

龍《りゅう》さんのむじゃきな笑顔《えがお》に、ドキッと心臓《しんぞう》が高鳴《たかな》る。

す、すごく喜《よろこ》んでくれてる……。

思《おも》い切《き》ってお願《ねが》いしてみて、よかったっ……。

「練習試合《れんしゅうじあい》……めんど……」

宮《みや》さんは、そう言《い》ってため息《いき》をついた。

「ぼ、僕《ぼく》、まだ試合《しあい》で戦《たたか》える自信《じしん》がないかも……」

不安《ふあん》そうに口《くち》にした影先輩《えいせんぱい》につづいて、京先輩《けいせんぱい》と壱《いち》さんも苦笑《にがわら》いしている。

「練習試合《れんしゅうじあい》って土日《どにち》だよね？　休《やす》みが潰《つぶ》れるのはちょっとなぁ……」

「俺《おれ》も土日《どにち》は休《やす》みてーな……」

あ……もしかして、迷惑《めいわく》だったかもしれない……。

龍《りゅう》さんは喜《よろこ》んでくれたけど……ほかのみなさんは、練習試合《れんしゅうじあい》には乗《の》り気《き》じゃないみたいだ……。

よ、余計《よけい》なことを、してしまった……。

「せっかく陽《よう》ががんばってくれたのに、その言《い》い方《かた》はないだろ」

龍《りゅう》さんの言葉《ことば》に、あわてて首《くび》を横《よこ》にふる。

「龍《りゅう》さん、気《き》にしないでください……！　たのまれてもないのに、私《わたし》が勝手《かって》に動《うご》いてしまっただけで……あ、あの、もし練習試合《れんしゅうじあい》がいやだったら、すぐに断《ことわ》ります……！」

「……」

龍《りゅう》さんは無言《むごん》で、みなさんをにらんでいた。

「お、怒《おこ》らないでよ～」

「つーか、どこ中《ちゅう》？」

壱《いち》さんが、興味《きょうみ》なさそうにこっちを見《み》た。

「えっと、瀬戸中学《せとちゅうがく》です」

「『瀬戸中《せとちゅう》⁉』」

え……？

瀬戸中《せとちゅう》の名前《なまえ》をだしたとたん、目《め》をかがやかせた壱《いち》さんと京先輩《けいせんぱい》。

普段《ふだん》は無表情《むひょうじょう》かしかめっつらの宮《みや》さんも、心《こころ》なしか顔色《かおいろ》が明《あか》るい。

「陽《よう》……瀬戸中《せとちゅう》と練習試合《れんしゅうじあい》、組《く》めたのか……？」

龍《りゅう》さんまで……そんなにおどろくなんて、みなさんは瀬戸中《せとちゅう》と、なにか深《ふか》い関係《かんけい》でもあるのかな……？

「よくやった！」

「陽《よう》ちゃん、ナイスだよ！」

「……おまえにしてはやるじゃん」

みなさんに褒《ほ》めてもらって、うれしい気持《きも》ちよりもとまどいがまさった。

「あいつらを潰《つぶ》すチャンスだ……！」

どうしてみなさん、ここまで喜《よろこ》んでるんだろう……？

「あー……瀬戸中《せとちゅう》のバスケ部《ぶ》には、何人《なんにん》か知《し》り合《あ》いがいんだよ」

私《わたし》が理解《りかい》していないことに気《き》づいたのか、壱《いち》さんが説明《せつめい》してくれた。

「俺《おれ》たち……つーか影《えい》さん以外《いがい》、昔《むかし》クラブチームにはいってたんだ」

え？　あっ……さっき言《い》ってたのって……。

『このくらい、クラブチームにはいってたときに比《くら》べたらまだまだだろ』

そういうことだったんだ……。

「ま、俺《おれ》と宮《みや》は小《しょう》5の三学期《がっき》にやめたし、半年《はんとし》くらいしかいなかったけど」

「俺《おれ》と龍《りゅう》も、小《しょう》6でやめたよ」

みなさん、同時期《どうじき》にやめたのかな……？

「やめた理由《りゆう》が、すっげーいやなやつらがクラブにいたからなんだけどさ……そいつら、クラブチームの二軍《ぐん》のくせに年下《としした》いびりすげーし、特《とく》に俺《おれ》と宮《みや》が標的《ひょうてき》にされてさ。そのときに、一軍《ぐん》の龍《りゅう》さんがかばってくれてたんだよ」

龍《りゅう》さん、宮《みや》さんと壱《いち》さんにすごく慕《した》われてると思《おも》ってたけど……そんな過去《かこ》があったんだ……。

やっぱり、龍《りゅう》さんはかっこいいな……。

「で、ここからが本題《ほんだい》！　俺《おれ》らのこといびってたそのクラブのやつら……なんと今《いま》、瀬戸中《せとちゅう》にいんだよ」

えっ……！

とんでもないことをしてしまったかもしれないと思《おも》って、さーっと血《ち》の気《け》がひいた。

「だ、だったら、やっぱり瀬戸中《せとちゅう》との練習試合《れんしゅうじあい》は中止《ちゅうし》に……」

「ストップ！　絶対《ぜったい》だめだ！　瀬戸中《せとちゅう》との試合《しあい》は絶対《ぜったい》にやる！」

罪悪感《ざいあくかん》におそわれたけど、その心配《しんぱい》はいらなかったのか、壱《いち》さんはうれしそうにしていた。

「じつは、瀬戸中《せとちゅう》には何回《なんかい》も練習試合申《れんしゅうじあいもう》しこんでんだよ！　あいつらをこてんぱんにするためにな！　でも、そのたびに断《ことわ》られてたんだ」

そうだったんだ……。

そんな事情《じじょう》があったなんて、まったく知《し》らなかった……。

「おまえ、なんで瀬戸中《せとちゅう》と練習試合《れんしゅうじあい》組《く》めたんだ？」

静《しず》かに話《はなし》を聞《き》いていた宮《みや》さんが、じっと私《わたし》を見《み》てきた。

「サッカー部《ぶ》のときによくしてくれた監督《かんとく》の先生《せんせい》がいて、その方《かた》がたのんでくれたんです」

ずっと断《ことわ》っていたのに、今回《こんかい》ひきうけてくれたのは……もしかしたら、鬼城監督《きじょうかんとく》がたのんでくれたからかな……？

「瀬戸中《せとちゅう》のサッカー部《ぶ》って……たしか、強豪《きょうごう》だろ？　そこの顧問《こもん》に、気《き》にいられてるのか？」

「き、気《き》にいられてるわけじゃ……」

最初《さいしょ》、サッカー部《ぶ》のマネージャーとして練習試合《れんしゅうじあい》を申《もう》し込《こ》みに行《い》った時《とき》、鬼城監督《きじょうかんとく》は忙《いそが》しくて、話《はなし》も聞《き》いてくれなかった。

でも、私《わたし》があまりにもしつこく通《かよ》いつめたから、根負《こんま》けしてくれたんだ。

それからは、すごくよくしてもらっている。

今回《こんかい》の試合《しあい》は私《わたし》が組《く》んだというよりも、鬼城監督《きじょうかんとく》のおかげだ。

「瀬戸中《せとちゅう》と試合《しあい》できるとか、さいこー！」

「俺《おれ》も、久々《ひさびさ》に燃《も》えてきた～」

「……絶対勝《ぜったいか》つ……」

壱《いち》さんだけじゃなくて、京先輩《けいせんぱい》と宮《みや》さんもやる気《き》になっていた。

顔見知《かおみし》りだって聞《き》いてあせったけど……みなさんが喜《よろこ》んでくれて、よかった……。

あれ……？

喜《よろこ》んでいるみなさんを見《み》ながら、影先輩《えいせんぱい》が一瞬不安《いっしゅんふあん》そうな顔《かお》をした気《き》がした。

影先輩《えいせんぱい》は中学《ちゅうがく》にはいってからバスケをはじめたって言《い》っていたし……瀬戸中《せとちゅう》の人《ひと》たちのことを知《し》らないみたいだから、温度差《おんどさ》があるのは当然《とうぜん》だと思《おも》う。

でも……なんだか、表情《ひょうじょう》が暗《くら》いような……。

影先輩《えいせんぱい》はバスケ部《ぶ》のみんなが大好《だいす》きだから、みんなが喜《よろこ》んでいたら一緒《いっしょ》に喜《よろこ》びそうなのに……。

なにか、理由《りゆう》があるのかな……？

「……待《ま》て。おまえたち、陽《よう》になんて言《い》うんだ？」

「……れ、練習試合《れんしゅうじあい》、めんどいとか言《い》ってすみません……」

「や、休《やす》みが潰《つぶ》れるのはちょっととか言《い》って、ごめんね……」

「ど、土日《どにち》は休《やす》みたいとか言《い》って、すいませんでした……」

半《なか》ば強制的《きょうせいてき》に謝罪《しゃざい》させられている3人《にん》に、あわてて首《くび》を横《よこ》にふった。

「き、気《き》にしないでください……！」

謝罪《しゃざい》なんて必要《ひつよう》ないし、みなさんに喜《よろこ》んでもらえたならそれだけでうれしい。

「ありがとな、涼風《すずかぜ》！　にしても、再来週《さらいしゅう》の日曜日《にちようび》か……今日《きょう》は木曜《もくよう》だから、練習期間《れんしゅうきかん》は一週間《いっしゅうかん》ちょいくらいだな……よっしゃ、明日《あした》から朝練《あされん》しましょう！」

朝練《あされん》……！　みなさん、すごいやる気《き》だ……！

「あ、朝練《あされん》って、何時《なんじ》から？」

「そうっすね……6時半《じはん》とか？」

「強豪校《きょうごうこう》みたいだね」

「6時半《じはん》……」

ぼそっと、影先輩《えいせんぱい》がつぶやいた。

「影《えい》さんなんか用事《ようじ》あったりします？」

「い、いや……大丈夫《だいじょうぶ》！」

笑《わら》っているけど、やっぱりどこか表情《ひょうじょう》が重《おも》いような……。

心配《しんぱい》だけど……私《わたし》に心配《しんぱい》されたくないかもしれないし、むりに聞《き》かないほうがいいよね……。

うん、きっとなにかあったら、バスケ部《ぶ》のほかのみなさんに相談《そうだん》するはずだし、私《わたし》が追及《ついきゅう》するのはまちがってる気《き》がする。

そう思《おも》って、そのときはなにも言《い》わなかった。

「よっしゃ……打倒瀬戸中《だとうせとちゅう》っす！」

こうして、瀬戸中《せとちゅう》との試合《しあい》までの、厳《きび》しい練習《れんしゅう》の日々《ひび》が幕《まく》をあけた。

それぞれの事情《じじょう》【side《サイド》龍《りゅう》】

【side《サイド》 龍《りゅう》】

部活《ぶかつ》が終《お》わって、部員《ぶいん》たちで部室《ぶしつ》にもどる。

大体《だいたい》みんな体操服《たいそうふく》のまま帰《かえ》るから、荷物《にもつ》をとりにきただけだけど、みんな相当《そうとう》つかれたのか部《ぶ》室《しつ》の椅子《いす》にすわりこんだ。

「マジつかれた……」

「俺《おれ》ももう動《うご》けね〜……」

「ふたりとも、まだまだ体力不足《たいりょくぶそく》だね〜。ていうか、部室《ぶしつ》がきれいってやっぱり最高《さいこう》！　陽《よう》ちゃんに感謝《かんしゃ》しなきゃ！」

京《けい》の言《い》うとおり、昨日《きのう》また陽《よう》が部室《ぶしつ》をかたづけてくれたから、見《み》ちがえるほどきれいになっていた。

陽《よう》がもどってきてくれる前《まえ》にかたづけようと思《おも》ったけど、俺《おれ》もかたづけが得意《とくい》なほうじゃないから結局《けっきょく》なにもできなかった。

あんまり陽《よう》に負担《ふたん》はかけたくないから、できることは自分達《じぶんたち》でやらないと……。

陽《よう》は……いてくれるだけで、いいんだ……。

陽《よう》がマネージャーになってくれたっていう事実《じじつ》だけで、俺《おれ》はどれだけだってがんばれるから。

「つーか、マジで練習試合《れんしゅうじあい》楽《たの》しみっすね！　瀬戸中《せとちゅう》のやつらこてんぱんにやっつけたいから、がんばんねーと」

「瀬戸中《せとちゅう》との試合《しあい》セッティングしたり……あいつ、なに者《もの》……？」

「それ！　俺《おれ》がたのんだときは何回《なんかい》も断《ことわ》られたのにさ……サッカー部《ぶ》の監督《かんとく》と知《し》り合《あ》いって言《い》ってたけど……あいつ、サッカー部《ぶ》でなんも仕事《しごと》してなかったってウワサだったのに、そんなやつが気《き》にいられると思《おも》わねーし……やっぱあのウワサ、なんかすげー裏《うら》があるんじゃないっすかね」

サッカー部《ぶ》……。

陽《よう》の幼《おさな》なじみである朝霧《あさぎり》の顔《かお》がうかんで、舌打《したう》ちしそうになった。

「だね～……ほんと、なにがなんだか……」

「……」

「僕《ぼく》も、おかしいと思《おも》います……」

京《けい》も宮《みや》も影《えい》も、むずかしい顔《かお》をしている。

全員《ぜんいん》が陽《よう》に対《たい》しての認識《にんしき》をかえてくれたことは、ありがたいことだ。

いつかちゃんと……陽《よう》のぜんぶの誤解《ごかい》がとけたらいいって願《ねが》ってる。バスケ部《ぶ》のメンバーだけじゃなくて、全校生徒《ぜんこうせいと》からの疑《うたが》いも。

本当《ほんとう》の陽《よう》は……こんなにもやさしくて、純粋《じゅんすい》で、だれにでも思《おも》いやりを持《も》って接《せっ》することができる奇跡《きせき》みたいな子《こ》だから。

知《し》れば知《し》るほど……好《す》きになってしまうくらい、魅力的《みりょくてき》な人《ひと》。

それにしても……昨日《きのう》は少《すこ》し、危《あぶ》なかった……。

『また龍《りゅう》さんといられて……うれしい、です……』

陽《よう》にあんなかわいいことを言《い》われて、思《おも》わずだきしめそうになった。

なんとか堪《こら》えたけど……日《ひ》に日《ひ》に感情《かんじょう》のコントロールができなくなってる気《き》がする。

かわいいとかも、思《おも》ったらつい言葉《ことば》にだしてしまうようになったし……。

感情《かんじょう》がダダ漏《も》れで、バレてしまわないかと内心《ないしん》ひやひやしていた。

深呼吸《しんこきゅう》をして落《お》ちつかせたとき、瀬戸中《せとちゅう》との試合《しあい》が決《き》まってうれしそうにしてる3人《にん》のとなりで、影《えい》が暗《くら》い表情《ひょうじょう》をしていることに気《き》づいた。

さっきから、様子《ようす》がおかしいな……。

影《えい》はあまり自分《じぶん》のことを話《はな》したがらないタイプだから、むりやり聞《き》くつもりはないけど……部《ぶ》長《ちょう》として、影《えい》の違和感《いわかん》が気《き》になった。

自分《じぶん》のバスケの実力《じつりょく》に自信《じしん》がないみたいだし……単純《たんじゅん》に練習試合《れんしゅうじあい》が不安《ふあん》なのかもしれない。

影《えい》は自分《じぶん》が思《おも》っているよりできているし、試合《しあい》でも十分通用《じゅうぶんつうよう》すると俺《おれ》は思《おも》ってる。

なにより、飲《の》みこみが早《はや》いし、基礎《きそ》ができているから成長《せいちょう》のスピードも速《はや》い。

才能《さいのう》もあるから、もっと自信《じしん》を持《も》ってほしいし……今回《こんかい》の試合《しあい》で勝《か》って、なんとしてでもバスケ部《ぶ》のメンバーに自信《じしん》をつけさせてやりたい。

「あ……ぼ、僕《ぼく》、ちょっと手洗《てあら》ってくるね……！」

むりに作《つく》ったような笑《え》みをうかべて、部室《ぶしつ》をでていった影《えい》。

「なんか影《えい》さん、不安《ふあん》そうっすね」

壱《いち》も影《えい》の異変《いへん》に気《き》づいていたのか、心配《しんぱい》そうにしている。

「影《えい》さんはいつもあんな感《かん》じだろ」

「影《えい》って、メガネかけてるからいまいち感情《かんじょう》が読《よ》めないんだよね……かっこいいのに、もったいないなぁ。俺《おれ》だったら、あの顔面《がんめん》を思《おも》う存分使《ぞんぶんつか》うけどね」

他人事《ひとごと》みたいにそう言《い》って、シューズをみがいている京《けい》。

「たしか、モデルやってたんでしたっけ？」

「そうらしいよ～」

俺《おれ》も、一度《いちど》その話《はなし》を聞《き》いたことがある。

影《えい》が自分《じぶん》から言《い》ったわけじゃなく、京《けい》が家《いえ》に行《い》ったときに雑誌《ざっし》を見《み》つけたとかどうとか。

そこから影《えい》が白状《はくじょう》して……って感《かん》じで、本人《ほんにん》はかくしたがったらしい。

「俺《おれ》、一回《いっかい》だけメガネ外《はず》したとこ見《み》たっすけど……マジでイケメンでした」

「だよね。ビジュアルだけならバスケ部《ぶ》トップなんだけどね」

「……おい」

だけならって言《い》い方《かた》が影《えい》に対《たい》して失礼《しつれい》すぎて、聞《き》き捨《ず》てならなかった。

「あ、ごめんごめん、べつにさげたわけじゃないよ～。ただ、影《えい》はめちゃくちゃいいやつなのに、もったいないなって思《おも》っただけで……」

「言《い》い方《かた》に気《き》をつけろ」

「は～い」

見《み》た目《め》で判断《はんだん》するのはまちがっていると思《おも》うし、影《えい》だってきっと、そういうのがいやで顔《かお》をかくしてるんだろう。

それに……。

「そういえば……昔龍《むかしりゅう》さんも、メガネかけてたっすよね」

俺《おれ》も昔《むかし》、同《おな》じようなことをしていたことがある。

そして……そのときに、〝陽《よう》と出会《であ》った〟。

「お待《ま》たせ……！　って、どうしたの？」

もどってきた影《えい》が、じっと顔《かお》を見《み》つめられておどろいている。

「影《えい》さんがイケメンって話《はな》してました」

「な、なにそれっ……僕《ぼく》は全然《ぜんぜん》……」

「そんな謙遜《けんそん》しなくても～」

「ほんとだよ……女《おんな》の子《こ》たちからも気《き》持《も》ち悪《わる》がられてるし……」

「前髪《まえがみ》とメガネと猫背《ねこぜ》のせいでしょ。俺《おれ》がプロデュースしてあげようか？」

「え、遠慮《えんりょ》するよっ……」

「ほら、もうすぐ下校時間《げこうじかん》になる。早《はや》く帰《かえ》るぞ」

からかわれている影《えい》が不憫《ふびん》に思《おも》えて、話《はなし》を終《お》わらせるようにそう言《い》った。

困《こま》ったように笑《わら》いながら、かたづけをはじめた影《えい》。
やっぱり……表情《ひょうじょう》はどこか曇《くも》っているように見《み》える。
なにに悩《なや》んでいるかわからない以上《いじょう》、心配《しんぱい》だし……注意深《ちゅういぶか》く見《み》ておこう……。
そう思《おも》って、俺《おれ》も鞄《かばん》を持《も》った。

問題《もんだい》発《はっ》生《せい》？

次《つぎ》の日《ひ》、朝練《あされん》をするために、私《わたし》も朝早《あさはや》くから家《いえ》をでた。

20分前《ぷんまえ》に学校《がっこう》について、朝練《あされん》の準備《じゅんび》をする。

「……あ、陽《よう》、おはよう。こんな早《はや》くから来《き》てくれてありがとう」

5分《ふん》くらいたったとき、体育館《たいいくかん》に龍《りゅう》さんがはいってきた。

「おはようございます……！　龍《りゅう》さんも朝早《あさはや》くからおつかれさまです！」

「……お！　涼風《すずかぜ》もう来《き》てんじゃん！　龍《りゅう》さんもおはようございます！」

壱《いち》さんもあらわれて、体育館《たいいくかん》にはいってきた。

少《すこ》したって、今度《こんど》は宮《みや》さんがあらわれた。

「おはよう……ござい……ます……」

「宮《みや》、おまえ目《め》あいてないぞ」

「うるさい……俺《おれ》は、朝《あさ》は苦手《にがて》、なんだ……」

「ふわぁ……おはよう……眠《ねむ》い……」

京先輩《けいせんぱい》も朝《あさ》は苦手《にがて》なのか、眠《ねむ》そうにあくびをしながらこっちに歩《ある》いてくる。

みなさん辛《つら》いのにしっかり集合時間《しゅうごうじかん》に集《あつ》まるなんて……相当瀬戸中《そうとうせとちゅう》との試合《しあい》に気合《きあ》いをいれてるんだろうなっ……。

よーし……私《わたし》も、できることはなんでもがんばるぞ……！

気合《きあ》いをいれなおしたとき、時計《とけい》の針《はり》が6時《じ》30分《ぷん》を指《さ》していることに気《き》づいた。

おかしいな……朝練開始時間《あされんかいしじかん》だけど、影先輩《えいせんぱい》がまだ来《き》てない……。

影先輩《えいせんぱい》はまじめな人《ひと》だし、時間《じかん》どおりに行動《こうどう》しそうに見《み》えるけど……もしかしたら、なにかあったのかな……？

「影《えい》さんまだ来《き》てないっすけど……どうしますか、龍《りゅう》さん。先《さき》にはじめますか？」

「……ああ、そうしよう」

影先輩《えいせんぱい》なしで朝練《あされん》がはじまる空気《くうき》になり、心配《しんぱい》になってしまう。

「あの、龍《りゅう》さん……もしかしたら影先輩《えいせんぱい》、事故《じこ》に巻《ま》きこまれたり……」

「大丈夫《だいじょうぶ》だ。多分《たぶん》、そのうち来《く》る」

「そうだよ陽《よう》ちゃん〜。影《えい》の遅刻癖《ちこくぐせ》はいつものことだから〜」

え？　……あ、そういえば……。

『じつは、僕《ぼく》も遅刻常習犯《ちこくじょうしゅうはん》なんだ……』

前《まえ》に、そんなことを言《い》っていたような……。

とりあえず、大袈裟《おおげさ》に心配《しんぱい》せずに……来《く》るのを待《ま》ったほうがいいのかな……。

そう思《おも》って練習《れんしゅう》がはじまったけど、結局《けっきょく》、最後《さいご》まで影先輩《えいせんぱい》があらわれることはなかった。


「それじゃあ、今日《きょう》の朝練《あされん》はここまで」

いつものように、龍《りゅう》さんの号令《ごうれい》で練習《れんしゅう》が終《お》わる。

影先輩《えいせんぱい》、来《こ》なかったな……。

やっぱり、心配《しんぱい》だ……。

本当《ほんとう》に、事故《じこ》に巻《ま》きこまれていたり……。

――バタンッ！

悪《わる》い方向《ほうこう》にばかり考《かんが》えてしまっていたとき、体育館《たいいくかん》のとびらがいきおいよくひらいた。

影先輩《えいせんぱい》……！

「ごめん、遅《おく》れたっ……！」

怪我《けが》がなさそうな姿《すがた》に、ほっと胸《むね》をなでおろす。

だけどすぐに、影先輩《えいせんぱい》がこの世《よ》の終《お》わりみたいな顔《かお》をしていることに気《き》づいた。

「影《えい》さん、もう終《お》わりっすよ～」

苦笑《にがわら》いしながら、壱《いち》さんがそう言《い》った。

「明日《あした》はちゃんと来《き》てくださいよ。俺《おれ》も眠《ねむ》い中《なか》がんばって来《き》たんですから」

宮《みや》さんも、子《こ》どもをしかるような言《い》い方《かた》だ。

「ご、ごめん……」

「一応聞《いちおうき》くけど、理由《りゆう》は？」

「……寝坊《ねぼう》、しました……」

「ま、そんなことだろうと思《おも》ったけど～」

京先輩《けいせんぱい》は笑《わら》いながら、影先輩《えいせんぱい》の肩《かた》をたたいた。

「本当《ほんとう》に、ごめんなさい……」

影先輩《えいせんぱい》……。

たしかに、遅刻《ちこく》はよくないことかもしれないけど……急《きゅう》に決《き》まったことだったし、昨日《きのう》の今日《きょう》で生活《せいかつ》リズムを合《あ》わせるのはむずかしかったと思《おも》う。

申《もう》し訳《わけ》ない気持《きも》ちでいっぱいいっぱいになっているような影先輩《えいせんぱい》を見《み》て、私《わたし》まで胸《むね》が苦《くる》しくなった。

「影《えい》」

龍《りゅう》さんが、そっと影先輩《えいせんぱい》に近《ちか》づく。そのまま、肩《かた》をぽんっとやさしくたたいた。

「りゅ、龍《りゅう》くん……」

「放課後《ほうかご》、倍練習《ばいれんしゅう》させるからな」

そのひとことで、影先輩《えいせんぱい》の表情《ひょうじょう》が少《すこ》しだけやわらかくなった気《き》がした。

龍《りゅう》さん……。

やっぱり、龍《りゅう》さんはやさしいな……。

きっと、影先輩《えいせんぱい》が罪悪感《ざいあくかん》を持《も》たないような言《い》い方《かた》をしたんだと思《おも》う。

「龍《りゅう》さんのスパルタ指導《しどう》はこわいっすよ〜」

「影《えい》くんかわいそ〜」

「サボった分《ぶん》、がんばってください」

みなさんもからかうようにそんなことを言《い》いながら、影先輩《えいせんぱい》を責《せ》めるような発言《はつげん》はしなかった。

影先輩《えいせんぱい》の日頃《ひごろ》の行《おこな》いがいいからだろうな……ふふっ。

「ほ、本当《ほんとう》にごめんね……！　明日《あした》は時間《じかん》どおりに来《く》るから……！」

まだまだ練習《れんしゅう》ははじまったばかりだし、これからだ……！


そう思《おも》っていたけど、影先輩《えいせんぱい》は、次《つぎ》の日《ひ》もその次《つぎ》の日《ひ》も練習《れんしゅう》に遅刻《ちこく》した。

「……さすがにもうダメでしょ」


はぁ……と、大《おお》きなため息《いき》をついた京先輩《けいせんぱい》。

4日目《よっかめ》の朝練《あされん》が終《お》わって、全員制服《ぜんいんせいふく》に着替《きが》えて教室《きょうしつ》にむかう。

「今日《きょう》はついに、顔《かお》すらだしませんでしたね」

「だね～……」

「……いくらなんでも、4日連続《よっかれんぞく》はないでしょ」

壱《いち》さんと京先輩《けいせんぱい》は呆《あき》れ顔《がお》で、宮《みや》さんにいたっては完全《かんぜん》に怒《おこ》っている。

龍《りゅう》さんは、感情《かんじょう》が読《よ》めない表情《ひょうじょう》をしていた。

影先輩《えいせんぱい》……どうしたんだろう……。

私《わたし》は……影先輩《えいせんぱい》が、理由《りゆう》もなく遅刻《ちこく》をするとは思《おも》えない……。なにか、起《お》きられない事情《じじょう》でもあるんじゃないのかな……。

だって影先輩《えいせんぱい》は、すごくまじめで、仲間想《なかまおも》いな人《ひと》だ。

本当《ほんとう》に、どうしたんだろう……。

放課後《ほうかご》になって部活《ぶかつ》の準備《じゅんび》をはじめているとき、体育館《たいいくかん》に影先輩《えいせんぱい》がはいってきた。

「あ、あの……」

その表情《ひょうじょう》は、この世《よ》の終《お》わりみたいな表情《ひょうじょう》から、さらに重《おも》たくなっている。

影先輩《えいせんぱい》はみなさんのほうをむいて、深々《ふかぶか》と頭《あたま》をさげた。

「本当《ほんとう》に……ごめんなさい……」

1日目《にちめ》とちがって、影先輩《えいせんぱい》にむけられる視線《しせん》は冷《ひ》ややかだった。

壱《いち》さんも京先輩《けいせんぱい》も宮《みや》さんも、みんな表情《ひょうじょう》に笑《え》みは一切《いっさい》ない。

「……遅刻《ちこく》の理由《りゆう》があるなら聞《き》きます」

「……寝坊《ねぼう》、です……ごめんなさい……」

壱《いち》さんの言葉《ことば》に、正直《しょうじき》に答《こた》えた影先輩《えいせんぱい》。

となりにいた宮《みや》さんが、深《ふか》いため息《いき》をついた。

「それは理由《りゆう》じゃないっすよね」

「……今回《こんかい》ばっかりは、俺《おれ》もかばえないかなぁ……眠《ねむ》いのはみんな一緒《いっしょ》だしさ～」

どうしよう……とめたほうが、いい気《き》がする……。

余計《よけい》な口《くち》だしはしたくないけど……みなさんに責《せ》められている影先輩《えいせんぱい》が、今《いま》にも泣《な》きそうに見《み》えた。

たしかに、遅刻《ちこく》はよくないかもしれないけど……だからって、こんなに反省《はんせい》している影先輩《えいせんぱい》に、そこまで言《い》わなくても、いい気《き》がする……。

なにより、私《わたし》の中《なか》で〝なにか事情《じじょう》があるんじゃないか〟っていう思《おも》いが消《き》えなかった。

「こんなこと言《い》いたくないけど、影《えい》さんがいちばんバスケ歴《れき》も浅《あさ》いんだから、いちばんがんばってほしいんですけど」

「やめろ、宮《みや》」

ずっとだまっていた龍《りゅう》さんが、宮《みや》さんをとめた。

「もともとマネージャー志望《しぼう》だった影《えい》を、人数《にんずう》が足《た》りないからってプレーヤーに誘《さそ》ったんだ。今《こん》回《かい》の練習《れんしゅう》試合《じあい》の件《けん》だって、瀬戸中《せとちゅう》と因縁《いんねん》があるのは俺《おれ》たちの話《はなし》だろ。勝手《かって》に決《き》めた朝練《あされん》に影《えい》が合《あ》わせられないからって、一方的《いっぽうてき》に責《せ》めるのはちがうんじゃないか」

「それは……」

龍《りゅう》さんに注意《ちゅうい》された宮《みや》さんが、気《き》まずそうに視線《しせん》をさげた。

でも、そのうしろで、影先輩《えいせんぱい》が宮《みや》さん以上《いじょう》に苦《くる》しそうな顔《かお》をしている。

「み、宮《みや》くんの言《い》ってること、なにもまちがってないよ……ぼ、僕《ぼく》が……ぜんぶ、悪《わる》いんだ……僕《ぼく》のせいで……ほんとに、ごめんなさい……！」

あっ……影先輩《えいせんぱい》っ……。

あまりにも逃《に》げ足《あし》が速《はや》くて、追《お》いかける判断《はんだん》もできなかった。

行《い》っちゃった……影先輩《えいせんぱい》、すごく、苦《くる》しそうだった……大丈夫《だいじょうぶ》かな……。

「……すみません……言《い》いすぎ、ました……」

「俺《おれ》も……勝手《かって》に打倒瀬戸中《だとうせとちゅう》とか言《い》って舞《ま》いあがって……影《えい》さんはまったく関係《かんけい》ないのに、なんで一緒《いっしょ》にがんばってくれないんだって八《や》つ当《あ》たりしたっす……」

「いや……いちばん一緒《いっしょ》にいる俺《おれ》が、かばってあげるべきだった……かっこ悪《わる》いことしてごめん」

影先輩《えいせんぱい》がでていったことに、みなさん責任《せきにん》を感《かん》じているのか、申《もう》し訳《わけ》なさそうにあやまっている。

「俺《おれ》じゃなくて、影《えい》にあやまってやれ」

龍《りゅう》さんは感情《かんじょう》の読《よ》めない表情《ひょうじょう》で、みなさんを見《み》ていた。

「あいつは、人一倍責任感《ひといちばいせきにんかん》が強《つよ》いやつだ。練習《れんしゅう》に参加《さんか》したいって気持《きも》ちはあるだろうし、いつもおまえたちのことをいちばんに考《かんが》えてる。ただ……体《からだ》がついていかないことだってある」
龍《りゅう》さん……。

「わ、私《わたし》も……そう思《おも》います。影先輩《えいせんぱい》が、起《お》きられない理由《りゆう》があるのかなって……」

私《わたし》が口《くち》をだすべきじゃないってわかっているけど、龍《りゅう》さんの言葉《ことば》に安心《あんしん》して、思《おも》わずそう口《くち》にしていた。
龍《りゅう》さんは一瞬《いっしゅん》おどろいた顔《かお》をした後《あと》、私《わたし》を見《み》て小《ちい》さくうなずいてくれた。

「あいつはいつも、生《い》きづらそうにしてる。多分《たぶん》、今《いま》の自分《じぶん》にいちばん納得《なっとく》していないのは影自身《えいじしん》なはずだ。だから……あんまりあいつのことを、責《せ》めないでやってくれ」

いつも、影先輩《えいせんぱい》からは龍《りゅう》さんへのリスペクトが伝《つた》わってくる。きっと影先輩《えいせんぱい》は……こういう龍《りゅう》さんのやさしさに何度《なんど》もすくわれて、憧《あこが》れたんだろうな……。
龍《りゅう》さんは、すごくたのもしくて、やさしくて、思《おも》いやりのあるキャプテンだ。
影先輩《えいせんぱい》……もどってきてくれると、いいな……。

理《り》由《ゆう》

わ……もうこんな時間《じかん》っ……。

練習試合《れんしゅうじあい》にむけて、実戦《じっせん》を意識《いしき》した練習方法《れんしゅうほうほう》やトレーニングを勉強《べんきょう》したくて、帰《かえ》りに書店《しょてん》によった。

品《しな》ぞろえが豊富《ほうふ》なお店《みせ》で、ついいろんな本《ほん》を見比《みくら》べていたら……いつの間《ま》にか外《そと》は真《ま》っ暗《くら》になっていた。

早《はや》く帰《かえ》らないと……！

明日《あした》も朝早《あさはや》いから、家《いえ》に帰《かえ》ってごはんを食《た》べて、お風呂《ふろ》にはいって宿題《しゅくだい》をして……急《いそ》いで寝《ね》よう……！

早足《はやあし》で小《ちい》さな公園《こうえん》の前《まえ》をとおりすぎようとしたとき、公園《こうえん》にいる人《ひと》がバスケをしていることに気《き》づいた。

この公園《こうえん》、バスケットゴールがあるんだ……。

あ、この人《ひと》、すごく上手《じょうず》……！　シュートの練習《れんしゅう》をしているみたいだけど、ほとんどはいっているし……。

夜遅《よるおそ》くまで熱心《ねっしん》に練習《れんしゅう》してるなんて、尊敬《そんけい》するな……。

……って、あれ？

よく見《み》ると、その人《ひと》に見覚《みおぼ》えがあった。

「影先輩《えいせんぱい》……？」

名前《なまえ》を呼《よ》ぶと、影先輩《えいせんぱい》はびっくりしたのか、ゴールに投《な》げようとしていたボールを落《お》とした。

「えっ……す、涼風《すずかぜ》さん……⁉」

ふりかえって私《わたし》を見《み》た影先輩《えいせんぱい》は、顎《あご》が外《はず》れるくらい口《くち》をぽかんとあけていた。

公園《こうえん》にあるベンチに、ふたりで並《なら》んですわる。

「影先輩《えいせんぱい》、ひとりで練習《れんしゅう》してたんですね」

「……」

「もしかして、このせいで朝起《あさお》きられなかったんですか？」

私《わたし》の質問《しつもん》に、影先輩《えいせんぱい》はゆっくりと首《くび》を左右《さゆう》にふった。

「いや……単純《たんじゅん》に、僕《ぼく》がダメなやつだから……」

え……？

まるで自分《じぶん》を責《せ》めるような発言《はつげん》に、かなしくなって影先輩《えいせんぱい》を見《み》つめる。

「なにか理由《りゆう》があるんですよね？」

わからないけど……それだけは、どうしてか断言《だんげん》できた。

きっと……影先輩《えいせんぱい》のまじめで誠実《せいじつ》なところを、今《いま》までたくさん見《み》てきたから。

「ど、どうしてそう思《おも》うの？」

なぜか、おどろいたように顔《かお》をあげた影先輩《えいせんぱい》。

「影先輩《えいせんぱい》はまじめな方《かた》ですし、いつもまわりを気遣《きづか》っているので……理由《りゆう》なく寝坊《ねぼう》するとはどうしても思《おも》えなくて……」

「……」

メガネと、あたりが暗《くら》いせいで、表情《ひょうじょう》ははっきり見《み》えない。

でも、なにかを堪《こら》えるように、くちびるを噛《か》みしめているのが見《み》えた。

「ありがとう……そんなふうに、言《い》ってくれて……」

影先輩《えいせんぱい》は、あはは……と乾《かわ》いた笑《え》みをうかべた。

「理由《りゆう》ってほどじゃないんだけど……じつは……昔《むかし》から、不眠気味《ふみんぎみ》なんだ……」

不眠《ふみん》……？

「夜《よる》、ベッドにはいっても全然寝《ぜんぜんね》つけなくて……それなのに、朝《あさ》は起《お》きられないし、日中《にっちゅう》はずっと眠《ねむ》くて……」

はじめて知《し》る事実《じじつ》に、心配《しんぱい》な気持《きも》ちと、腑《ふ》に落《お》ちる感覚《かんかく》が同時《どうじ》にした。

やっぱり、理由《りゆう》があったんだ……。

「朝練《あされん》のために絶対《ぜったい》に早起《はやお》きしたかったから、昨日《きのう》も一昨日《おととい》も、夜《よる》の9時《じ》にはベッドにはいったんだ。それなのに、全然眠《ぜんぜんねむ》れなくて……眠《ねむ》らなきゃって思《おも》えば思《おも》うほど眠《ねむ》れなくて、結局明《けっきょくあ》け方《がた》くらいにようやく眠《ねむ》れて、朝起《あさお》きたら7時《じ》すぎで……」

声色《こわいろ》から、影先輩《えいせんぱい》が苦《くる》しんでいるのが伝《つた》わってくる。

私《わたし》は眠《ねむ》れない経験《けいけん》はあまりないから、理解《りかい》したふりはしたくないけど……きっとすごく辛《つら》いと思《おも》う。

自分《じぶん》ではどうにもできないことって、改善《かいぜん》のしようもなくて、悪循環《あくじゅんかん》に陥《おちい》ってしまうと思《おも》うから……。

「気合《きあ》いが足《た》りないのかもしれない……朝《あさ》が苦手《にがて》でも、がんばってる人《ひと》はいるのに……」

きっとそうやって、ずっと自分《じぶん》のことを責《せ》めてきたんだろうな……。

「仕方《しかた》ないですよ。だれにだって得意不得意《とくいふとくい》はあります」

「でも……」

「自分《じぶん》を否定《ひてい》しないであげてください」

影先輩《えいせんぱい》は、何度《なんど》もがんばろうとしたんだから……。

「特《とく》に朝《あさ》は、自律神経《じりつしんけい》が乱《みだ》れていると本当《ほんとう》に起《お》きるのが辛《つら》かったり、身体的《しんたいてき》な問題《もんだい》もあるそうですよ」

「……」

「それに、朝起《あさお》きられない分夜《ぶんよる》に練習《れんしゅう》をしたり……影先輩《えいせんぱい》はまじめでがんばり屋《や》さんだと思《おも》います」

バスケ部《ぶ》のみなさんも、きっと事情《じじょう》を知《し》ったらわかってくれるはずだ。

「涼風《すずかぜ》さん……」

ぽたっと、なにかが落《お》ちた音《おと》がした。

「えっ……影先輩《えいせんぱい》⁉」

な、泣《な》いてる……⁉

「ご、ごめん……ほんと、情《なさ》けない……」

ぽろぽろとあふれる涙《なみだ》を、必死《ひっし》にぬぐっている影先輩《えいせんぱい》。

「そんなふうに言《い》ってもらえたの、はじめてで……なんか……涙《なみだ》が……」

肩《かた》をふるわせている姿《すがた》を見《み》て、私《わたし》まで泣《な》きそうになった。

こんなふうに泣《な》くなんて、いったいどれだけ追《お》い詰《つ》められてきたんだろう……。

「涼風《すずかぜ》さんはやさしいからそう言《い》ってくれるけど、結局今《けっきょくいま》も夜《よる》に練習《れんしゅう》なんかして、眠《ねむ》れなくなって、明日《あした》もどうせ起《お》きられなくて……悪循環《あくじゅんかん》から抜《ぬ》けだせないんだと思《おも》う」

「……」

「みんなが一致団結《いっちだんけつ》してがんばりたいって言《い》ってるんだから……僕《ぼく》だって、がんばりたいのに……」

影先輩《えいせんぱい》……。

「このままだと、バスケ部《ぶ》のみんなにも迷惑《めいわく》をかけてしまうし……正直《しょうじき》、やめたほうがいいのかなって、考《かんが》えはじめてたんだ……」

そんな……そこまで思《おも》い詰《つ》めていたなんて……。

「もちろん、退部《たいぶ》するときはちゃんとかわりを見《み》つけるつもりだよ……！　5人《にん》いないと練習試《れんしゅうじ》合《あい》にもならないし、みんなには、絶対《ぜったい》に勝《か》って欲《ほ》しいから……！」

後《あと》のことまで考《かんが》えているのがまじめな影先輩《えいせんぱい》らしいけど……そんな未来《みらい》は想像《そうぞう》したくない。

「龍《りゅう》さんは、そんなの望《のぞ》んでないと思《おも》います」

「え……」

「影先輩《えいせんぱい》と一緒《いっしょ》に、勝《か》ちたいって思《おも》ってるはずです」

さっきだって、影先輩《えいせんぱい》のために怒《おこ》ってた。

きっと龍《りゅう》さんは影先輩《えいせんぱい》にすごく期待《きたい》していると思《おも》うし、なによりも大切《たいせつ》な仲間《なかま》だと思《おも》っているはずだ。

「僕《ぼく》も……できるなら……ずっとバスケ部《ぶ》の一員《いちいん》で、いたい……」

ぽつりぽつりと、本音《ほんね》を話《はな》してくれた影先輩《えいせんぱい》。

「朝練《あされん》だって、参加《さんか》したい……」

その言葉《ことば》が聞《き》けて、よかった……。

「朝起《あさお》きる方法《ほうほう》を、一緒《いっしょ》に考《かんが》えましょう！」

「あ、ありがとうっ……」

マネージャーとして……影先輩《えいせんぱい》を、サポートさせてほしい……。

なにかいい案《あん》はないかな……。

「あの、ご家族《かぞく》に起《お》こしてもらうとか……」

いちばん最初《さいしょ》に思《おも》いうかんだ案《あん》を口《くち》にすると、影先輩《えいせんぱい》は気《き》まずそうに視線《しせん》をさげた。

「あ……家族《かぞく》は仕事《しごと》で、朝《あさ》は家《いえ》にいなくて……」

「……そうだったんですね、ごめんなさい」

言《い》いたくないことを、言《い》わせてしまった……。

「き、気《き》にしないで！　もうなれてるんだ……！　それに、昔《むかし》はハウスキーパーさんを雇《やと》っていたんだけど……ちょっと事件《じけん》があって、母《かあ》さんが他人《たにん》は絶対《ぜったい》に家《いえ》にいれないって言《い》って……それもなくなったんだ……」

ハウスキーパーさん……？

もしかして影先輩《えいせんぱい》って……お、お金持《かねも》ちなのかな……？

一般的《いっぱんてき》な家庭《かてい》で育《そだ》った私《わたし》には、聞《き》きなれない言葉《ことば》だった。

それにしても、家《いえ》にだれもいないなら、なおさら早起《はやお》きはむずかしかっただろうな……。

「……あ、そうだ……私《わたし》が朝《あさ》、起《お》こします！」

だれもいないなら、私《わたし》が起《お》こせばいいんだ……！

「え？」

「モーニングコールっていうんですか？　毎朝影先輩《まいあさえいせんぱい》が起《お》きられるまで、電話《でんわ》します！」

「気持《きも》ちはありがたいんだけど……僕《ぼく》、音《おと》では起《お》きられないんだ。目覚《めざ》ましもね、大音量《だいおんりょう》のものを五《いつ》つセットしてるんだけど……」

五《いつ》つ……しかも、大音量《だいおんりょう》の……。影先輩《えいせんぱい》の睡眠状態《すいみんじょうたい》は、相当深刻《そうとうしんこく》なんだな……。

そこまで症状《しょうじょう》がひどかったなんて……ますます心配《しんぱい》だ……。

モーニングコールがむりってなったら……あとは……。

「それじゃあ、家《いえ》に起《お》こしに行《い》きます！」

「えっ……！」

最終手段《さいしゅうしゅだん》を提案《ていあん》すると、影先輩《えいせんぱい》がぎょっと目《め》を丸《まる》くした。

「さ、さすがにそこまでしてもらうのは……」

「でも、これがいちばん確実《かくじつ》な方法《ほうほう》だと思《おも》います」

「それは、そうかもしれないけど……」

言葉《ことば》を濁《にご》してから、じっと私《わたし》を見《み》た影先輩《えいせんぱい》。

「どうして、そこまでしてくれるの……？」

それは、私《わたし》がマネージャーとして、みなさんをサポートしたいって思《おも》ってるからだけど……

きっと、それだけじゃない。

「私《わたし》が最初《さいしょ》にバスケ部《ぶ》にはいったとき……影先輩《えいせんぱい》、すごく親切《しんせつ》にいろんなこと、教《おし》えてくれましたよね」

「そ、そんなことないよ……普通《ふつう》に教《おし》えてただけだよ」

「影先輩《えいせんぱい》にとっては普通《ふつう》だったかもしれませんけど……私《わたし》にとっては、すごくうれしかったんです。影先輩《えいせんぱい》の存在《そんざい》に、すくわれてました」

「涼風《すずかぜ》さん……」

「それに……影先輩《えいせんぱい》だって、だれかが困《こま》っていたらたすけるはずです。そんな影先輩《えいせんぱい》だから、私《わたし》もなにかしたいって感《かん》じるんだと思《おも》います」

じっと私《わたし》を見《み》たまま、ゆっくりと視線《しせん》を落《お》とした影先輩《えいせんぱい》。

やっぱり、そんな理由《りゆう》じゃダメかな……。

「それ、じゃあ……お言葉《ことば》に甘《あま》えて、お願《ねが》いしてもいいかな……？」

えっ……！

「はい……！　任《まか》せてください……！」

影先輩《えいせんぱい》の表情《ひょうじょう》が、安心《あんしん》したように少《すこ》し緩《ゆる》んだのがわかった。

「絶対《ぜったい》に、一緒《いっしょ》に朝練《あされん》に行《い》きましょう！」

「う、うんっ……！　よろしくお願《ねが》いします……！」

ガッツポーズをすると、影先輩《えいせんぱい》はうれしそうにほほえんでくれた。

天使《てん し》のほほえみ【side《サイド》影《えい》】

【side《サイド》影《えい》】

「瀬戸中《せ と ちゅう》と試合《し あい》できるとか、さいこー！」

「俺《おれ》も、久々《ひさびさ》に燃《も》えてきた～」

「……絶対勝《ぜったいか》つ……」

瀬戸中《せ と ちゅう》……練習試合《れんしゅうじ あい》……。

喜《よろこ》んでいるみんなを見《み》て、心《こころ》から共感《きょうかん》することができなかった。

バスケの試合《し あい》は5人《にん》。本当《ほんとう》はレギュラーは〝皇《こう》〟くんだけど、今《いま》は謹慎中《きんしんちゅう》だし……きっと僕《ぼく》がかわりに出場《しゅつじょう》することになる。

僕《ぼく》はみんなと比《くら》べて、まだ初心者《しょしんしゃ》だし、実力《じつりょく》は雲泥《うんでい》の差《さ》だ。

そんな僕《ぼく》が試合《し あい》にでて……大丈夫《だいじょう ぶ》なのかな……。

きっと、みんなの足《あし》をひっぱってしまう……。

「再来週《さらいしゅう》の日曜日《にちようび》か……今日《きょう》は木曜《もくよう》だから、練習期間《れんしゅうきかん》は一週間《いっしゅうかん》ちょいくらいだな……よっしゃ、明日《あした》から朝練《あされん》しましょう！」

え……あ、朝練《あされん》……!?

ただでさえあせっていたのに、朝練《あされん》というワードを聞《き》いて、サーッと血《ち》の気《け》がひいた。

「あ、朝練《あされん》って、何時《なんじ》から？」

「そうっすね……6時半《じはん》とか？」

「強豪校《きょうごうこう》みたいだね」

ど、どうしよう……。

練習《れんしゅう》がいやなわけじゃない。

むしろ、試合《しあい》にでるなら、今以上《いまいじょう》に練習《れんしゅう》しないといけないし、少《すこ》しでもみんなの力《ちから》になれるようにがんばりたい。

だけど……朝《あさ》は、どうしても苦手《にがて》で……。

僕《ぼく》は昔《むかし》から、睡眠《すいみん》に問題《もんだい》があった。

夜《よる》は寝《ね》つけなくて、朝《あさ》は起《お》きあがることができない。

改善《かいぜん》しようといろんなことを試《ため》したけど、自分《じぶん》ではどうしようもできなかった。

絶対《ぜったい》に起《お》きられるという目覚《めざ》ましを見《み》かけるたびに購入《こうにゅう》して、ベッドの横《よこ》に並《なら》べても……気《き》づけば起床時刻《きしょうじこく》の1時間《じかん》すぎになっていることはざらだ。

それに……僕《ぼく》には朝起《あさお》こしてくれる人《ひと》もいない。

幼《おさな》いころに父《とう》さんと母《かあ》さんは離婚《りこん》していて、僕《ぼく》は母《かあ》さんについていったけど、母《かあ》さんは仕事人《しごとにん》間《げん》であまり家《いえ》に帰《かえ》ってこない。とくに早朝《そうちょう》の仕事《しごと》が多《おお》いらしくて、朝《あさ》は家《いえ》にいなかった。

「影《えい》さんなんか用事《ようじ》あったりします？」

「い、いや……大丈夫《だいじょうぶ》！」

笑顔《えがお》でそう言《い》ったけど、内心《ないしん》は不安《ふあん》でいっぱいだった。

起《お》きられるかな……。う、ううん、弱気《よわき》になってちゃいけないよね。

がんばって、なにがなんでも起《お》きるんだ。

こんな僕《ぼく》のことを、仲間《なかま》だって言《い》ってくれるみんなと……一緒《いっしょ》にがんばりたい……！

そう思《おも》ったけど、気合《きあ》いではどうにもならなかった。

龍《りゅう》くんだけは僕《ぼく》を責《せ》めずにいてくれたけど、こんなにみんなに迷惑《めいわく》をかけてしまって、どうしたらいいかわからなくて……僕《ぼく》は、バスケ部《ぶ》から逃《に》げた。

こんなふうに足《あし》をひっぱるくらいなら、かわりの部員《ぶいん》を見《み》つけてもうバスケ部《ぶ》をやめたほうがいいんじゃないかな……。

うん。きっと、それがいい。

そう、思《おも》っていたのに……。

「影先輩《えいせんぱい》はまじめな方《かた》ですし、いつもまわりを気遣《きづか》っているので……理由《りゆう》なく寝坊《ねぼう》するとはどうしても思《おも》えなくて……」

偶然涼風《ぐうぜんすずかぜ》さんがとおりかかって、僕《ぼく》のどうしようもない話《はなし》を聞《き》いてくれた上《うえ》に、涙《なみだ》がでるくらいやさしい言葉《ことば》をくれた。

涼風《すずかぜ》さんの言葉《ことば》が、僕《ぼく》にはすごくすごくうれしかった。

「それじゃあ、家《いえ》に起《お》こしに行《い》きます！」

「えっ……！」

涼風《すずかぜ》さんの提案《ていあん》に、びっくりしてメガネが落《お》ちそうになった。

「さ、さすがにそこまでしてもらうのは……」

「でも、これがいちばん確実《かくじつ》な方法《ほうほう》だと思《おも》います」

「それは、そうかもしれないけど……」

涼風《すずかぜ》さんに申《もう》し訳《わけ》ない……。

「どうして、そこまでしてくれるの……？」

とっさに、そう口《くち》にしてしまっていた。

涼風《すずかぜ》さんだって……僕《ぼく》みたいなずっとうじうじしてるやつ、いやじゃないのかな……？

って、こんなこと聞《き》かれても、返事《へんじ》に困《こま》るよね……。

すぐに訂正《ていせい》しようと思《おも》ったけど、僕《ぼく》が口《くち》をひらくよりも先《さき》に、涼風《すずかぜ》さんが答《こた》えてくれた。

「私《わたし》が最初《さいしょ》にバスケ部《ぶ》にはいったとき……影先輩《えいせんぱい》、すごく親切《しんせつ》にいろんなこと、教《おし》えてくれましたよね」

「そ、そんなことないよ……普通《ふつう》に教《おし》えてただけだよ」

当然《とうぜん》のことをしてただけで……大《たい》したことはなにもしてない。

「影先輩《えいせんぱい》にとっては普通《ふつう》だったかもしれませんけど……私《わたし》にとっては、すごくうれしかったんです。影先輩《えいせんぱい》の存在《そんざい》に、すくわれてました」

「涼風《すずかぜ》さん……」

「それに……影先輩《えいせんぱい》だって、だれかが困《こま》っていたらたすけるはずです。そんな影先輩《えいせんぱい》だから、私《わたし》もなにかしたいって感《かん》じるんだと思《おも》います」

なんで……こんなにやさしくしてくれるんだろう……。

ずっと重《おも》かった気持《きも》ちが、少《すこ》し軽《かる》くなった気《き》がした。

ひとりでどうしようもなくて、心《こころ》の中《なか》ががんじがらめになってしまっていたけど……。

「それ、じゃあ……お言葉《ことば》に甘《あま》えて、お願《ねが》いしてもいいかな……？」

「はい……！　任《まか》せてください……！」

おそるおそるたすけを求《もと》めてのばした手《て》を、やさしく握《にぎ》りかえしてもらえた気《き》がした。

女《おんな》の子《こ》にこんなふうに他意《たい》なくやさしくしてもらうのは、はじめてだ……。

メガネをかけてからは特《とく》に、女《おんな》の子《こ》からきらわれてきたから……。

僕《ぼく》がメガネをかけはじめたのは、2年前《ねんまえ》。

視力《しりょく》はとてもいいほうだから、これは完全《かんぜん》に伊達《だて》メガネだ。

じつは……2年前《ねんまえ》まで、少《すこ》しだけ芸能活動《げいのうかつどう》をしていた。

母《かあ》さんが有名《ゆうめい》な大女優《だいじょゆう》で、離婚《りこん》してすぐに母《かあ》さんは僕《ぼく》を芸能界《げいのうかい》にいれた。

でも、僕《ぼく》は昔《むかし》から目立《めだ》つのが苦手《にがて》だったし、あがり症《しょう》で精神的《せいしんてき》にも不安定《ふあんてい》で、顔《かお》を見《み》られるのもきらいだったから……仕事《しごと》がいやでいやでしかたなかったんだ。

『どうしてこんなこともできないの？』

『見《み》た目《め》はすごくかっこいいのに、中身《なかみ》がね……』

『ほんと、残念《ざんねん》な子《こ》……』

僕《ぼく》に失望《しつぼう》する大人《おとな》たちの顔《かお》は、今《いま》もわすれられない。

それにその当時《とうじ》、僕《ぼく》が原因《げんいん》で女《おんな》の子同士《こどうし》のいじめが起《お》こったり、女《おんな》の子《こ》関係《かんけい》での悩《なや》みが尽《つ》きなくて……完全《かんぜん》に女《おんな》の子《こ》がこわくなってしまった。

私物《しぶつ》がなくなるのは日常茶飯事《にちじょうさはんじ》だったし、盗撮《とうさつ》や盗聴《とうちょう》をされたこともある。

常《つね》に見《み》た目《め》だけを評価《ひょうか》されつづけたことで、僕《ぼく》は中身《なかみ》がない人間《にんげん》なんだって思《おも》うようになって、ますます自己評価《じこひょうか》も低《ひく》くなって……結局《けっきょく》、撮影中《さつえいちゅう》にストレスのあまり意識《いしき》を失《うしな》って、僕《ぼく》は芸能《げいのう》の仕事《しごと》をやめることができた。

『あたしの顔《かお》に泥《どろ》を塗《ぬ》る気《き》？　自分《じぶん》の息子《むすこ》がこんなに仕事《しごと》ができないなんて……情《なさ》けないわ』

同時《どうじ》に、母《かあ》さんの関心《かんしん》も失《うしな》ってしまったけれど。

僕《ぼく》に失望《しつぼう》して、そのころから母《かあ》さんはあまり話《はな》してくれなくなった。

だから……家《いえ》にひとりなのは……自業自得《じごうじとく》なんだ。

本当《ほんとう》の意味《いみ》で、家族《かぞく》や女《おんな》の子《こ》からやさしくされたことがない僕《ぼく》にとって……涼風《すずかぜ》さんの存在《そんざい》は、奇跡《きせき》みたいだった。

こんなにやさしい女の子《おんなのこ》が、この世《よ》にいるなんて……。

「絶対《ぜったい》に、一緒《いっしょ》に朝練《あされん》に行《い》きましょう！」

「う、うんっ……！　よろしくお願《ねが》いします……！」

僕《ぼく》の返事《へんじ》に、涼風《すずかぜ》さんはまたほほえんでくれた。

その笑顔《えがお》が……天使《てんし》みたいに、見《み》えたんだ。


家《いえ》に帰《かえ》ってきて、ごはんを食《た》べてお風呂《ふろ》にはいった。

すぐにベッドにはいって、眠《ねむ》る準備《じゅんび》をする。

早《はや》く眠《ねむ》らなきゃ……。

って、いけない、こんなふうに思《おも》うから、眠《ねむ》れないんだ……。

べつのことを考《かんが》えようと思《おも》ったとき、さっきの涼風《すずかぜ》さんの笑顔《えがお》を思《おも》いだした。

涼風《すずかぜ》さん……本当《ほんとう》に、いい人《ひと》だな……。

僕《ぼく》みたいなやつにもやさしくしてくれて……。

女の子《おんなのこ》はこわいけど……涼風《すずかぜ》さんは、こわくない……。

涼風《すずかぜ》さんがバスケ部《ぶ》に来《き》てくれて、よかった……。

ちらっと時計《とけい》を見《み》ると、ちょうど夜《よる》の10時《じ》をすぎたところだった。

いつもなら、いちばん目《め》が冴《さ》えている時間《じかん》だ……。

でも、なんだか少《すこ》しずつ眠気《ねむけ》が……。

そんなことを思《おも》ったときにはすでに眠《ねむ》りについていて、その日《ひ》は久《ひさ》しぶりに悪夢《あくむ》を見《み》なかった。

目《め》覚《ざ》まし係《がかり》就《しゅう》任《にん》！

影先輩《えいせんぱい》と別《わか》れて家《いえ》に帰《かえ》ってきた後《あと》、私《わたし》は不《ふ》眠《みん》の人《ひと》の特徴《とくちょう》を調《しら》べた。

低血圧《ていけつあつ》、自律神経《じりつしんけい》の乱《みだ》れ……原因《げんいん》がたくさんでてくるな……。

少《すこ》しでも影先輩《えいせんぱい》が楽《らく》になるように、日常生活《にちじょうせいかつ》でとりいれられる解決策《かいけつさく》をさがして、ノートにまとめていく。

って、もうこんな時間《じかん》だ……！

明日《あした》からいつも以上《いじょう》に早起《はやお》きなんだから、ちゃんと寝《ね》よう。

マネージャーとして影先輩《えいせんぱい》をサポートできるように、がんばるぞっ……。

翌朝《よくあさ》。無事《ぶじ》にいつもよりも早《はや》く起《お》きて、影先輩《えいせんぱい》の家《いえ》にむかった。

影先輩《えいせんぱい》に教《おし》えてもらった住所《じゅうしょ》に到着《とうちゃく》して、私《わたし》は驚愕《きょうがく》した。

目《め》の前《まえ》にあるのは、体育館《たいいくかん》くらい広《ひろ》いお家《うち》。

だ、大豪邸《だいごうてい》っ……。

ほ、ほんとにここであってるかな？

泥棒《どろぼう》だって疑《うたが》われて、通報《つうほう》されたら大変《たいへん》だっ……。

昨日《きのう》影先輩《えいせんぱい》、お母《かあ》さんはあまり帰《かえ》ってこないし、ハウスキーパーさんも今《いま》はいないって言《い》って
いたけど……この家《いえ》にほとんどひとりで暮《く》らしてるのかな……？

そう思《おも》うと、少《すこ》し切《せつ》ない気持《きも》ちになった。

早《はや》くインターホンを鳴《な》らして、影先輩《えいせんぱい》を起《お》こそう。

まだ時間《じかん》に余裕《よゆう》はあるけど、今日《きょう》は絶対《ぜったい》に、朝練《あされん》に間《ま》にあいたい……！

みなさんと影先輩《えいせんぱい》が、仲《なか》なおりできたらいいな……。

そんな願《ねが》いをこめて、インターホンを鳴《な》らした。


「……」

応答《おうとう》なしだ……。

やっぱり、まだ寝《ね》てるよね……本当《ほんとう》はこんな早《はや》い時間《じかん》に起《お》こすのはかわいそうだし、朝辛《あさつら》い人《ひと》
に早起《はやお》きを強要《きょうよう》するのもどうかと思《おも》うけど……。

『朝練《あされん》だって、参加《さんか》したい……』

今日《きょう》は絶対《ぜったい》に、影先輩《えいせんぱい》と一緒《いっしょ》に部活《ぶかつ》に行《い》くんだ……！

昨日《きのう》、事前《じぜん》に何回《なんかい》でもインターホンをおしていいと言《い》われているから、罪悪感《ざいあくかん》をおしころしてインターホンを連打《れんだ》した。

どうしよう……やっぱり、インターホンの音《おと》じゃ厳《きび》しいかな……。

せめて、鍵《かぎ》をあけてもらえたら……。

——ガチャッ。

え……？

鍵《かぎ》があく音《おと》におどろいていると、玄関《げんかん》のとびらがゆっくりとひらいた。

中《なか》からあらわれたのは、青白《あおじろ》い顔《かお》をした影先輩《えいせんぱい》。

「おは、よう……」

「だ、大丈夫《だいじょうぶ》ですか……！」

そのまま、ずるずるとその場《ば》にたおれそうになった影先輩《えいせんぱい》を、あわてて支《ささ》えた。

一生懸命起《いっしょうけんめいお》きて、なんとか玄関《げんかん》に来《き》てくれたのかな……。

眠気《ねむけ》が強《つよ》いのか、辛《つら》そうな影先輩《えいせんぱい》を見《み》て心配《しんぱい》になった。

毎朝《まいあさ》こんな状態《じょうたい》だったんだろうな……辛《つら》いに決《き》まってる……。

「先輩《せんぱい》、立《た》てそうですか？」

「……ちょっと、むり、かも……眠《ねむ》いのと、気持《きも》ち、悪《わる》くて……」

「それじゃあ、少《すこ》しずつで大丈夫《だいじょうぶ》ですよ。まだ時間《じかん》に余裕《よゆう》はあるので、気持《きも》ち悪《わる》いのが落《お》ちつくまで、目《め》を瞑《つぶ》っててください」

不眠《ふみん》の人《ひと》は、急《きゅう》に起《お》きあがったり立《た》ちあがったりすると、脳血流《のうけつりゅう》が低下《ていか》しやすくなるって書《か》いてあった。

だから、まずはそっと玄関《げんかん》の廊下《ろうか》に寝《ね》かせて、ゆっくりと意識《いしき》を覚醒《かくせい》させよう。

「影先輩《えいせんぱい》、お水《みず》ありますか？」

「……キッチン、に……」

「すみません、少《すこ》しおじゃまさせてもらいますね」

まっすぐ廊下《ろうか》を進《すす》んだ先《さき》にあるとびらをあけると、リビングにつながっていた。

な、中《なか》も広《ひろ》いっ……。

キッチンのほうにウォーターサーバーを見《み》つけて、常温《じょうおん》よりも少《すこ》し温《あたた》かいお水《みず》をいれる。

すぐに影先輩《えいせんぱい》に持《も》っていって、口《くち》に近《ちか》づけた。

「影先輩《えいせんぱい》、少《すこ》しずつでいいので、飲《の》んでみてください」

「……うん……」

そうして、何度《なんど》か声《こえ》かけをしているうちに、影先輩《えいせんぱい》の目《め》がゆっくりとひらいた。

「……気持《きも》ち悪《わる》いの、なくなってきた……」

「よかったっ……体調《たいちょう》はどうですか？」

「頭《あたま》が痛《いた》いけど……いつもよりましだよ……ありがとう、涼風《すずかぜ》さん……」

少《すこ》し顔色《かおいろ》がよくなっている気《き》がして、ほっと息《いき》をついた。


「お、お待《ま》たせっ……」

その後《あと》、なんとか立《た》ちあがって準備《じゅんび》をはじめた影先輩《えいせんぱい》。

リビングで待《ま》っていてと案内《あんない》してもらったソファにすわっていると、体操服《たいそうふく》に着替《きが》えた影先輩《えいせんぱい》があらわれた。

「今《いま》から行《い》けば、余裕《よゆう》を持《も》って間《ま》にあう時間《じかん》です！　行《い》きましょう！」

「う、うん！」

うれしそうな、安心《あんしん》したような笑《え》みをうかべている影先輩《えいせんぱい》と、学校《がっこう》にむかった。

「影先輩《えいせんぱい》、体《からだ》は大丈夫《だいじょうぶ》ですか？」

「うん！　随分《ずいぶん》ましだよ……！　涼風《すずかぜ》さんのおかげ！　本当《ほんとう》にありがとう……！」

「いえ。影先輩《えいせんぱい》ががんばって、玄関《げんかん》をあけてくれたおかげです！」

中《なか》にはいれなかったら、なにもできなかったから……。

がんばってくれた影先輩《えいせんぱい》に、感謝《かんしゃ》だ……。

「じつは……いつもみたいに、動《うご》けなかったんだけど……涼風《すずかぜ》さんまで遅刻《ちこく》させちゃうって思《おも》ったら、体《からだ》が勝手《かって》に動《うご》いてた」

そうだったんだ……。

影先輩《えいせんぱい》のおもいやりがうれしくて、笑顔《えがお》があふれた。

「だから、本当《ほんとう》にありがとう」

「お礼《れい》を言《い》うのは私《わたし》のほうです。きっとみなさんも、影先輩《えいせんぱい》が朝練《あされん》にあらわれたって、大喜《おおよろこ》びすると思《おも》います」

「そ、そうかな……」

ちょっと表情《ひょうじょう》が暗《くら》い……昨日《きのう》あんなふうに別《わか》れてしまったから、みなさんの反応《はんのう》が不安《ふあん》なのかな……？

「みなさんきっと、わかってくれますよ」

「う、うん……！　直接《ちょくせつ》会《あ》って、ちゃんと昨日《きのう》のことあやまるよ……！」

影先輩《えいせんぱい》の表情《ひょうじょう》が、少《すこ》しだけ緩《ゆる》んだ気《き》がした。


「も、もうみんな来《き》てるかな……？」

体育館《たいいくかん》について、影先輩《えいせんぱい》がおそるおそるとびらから中《なか》を覗《のぞ》いた。

中《なか》から、壱《いち》さんの声《こえ》が聞《き》こえる。

龍《りゅう》さんはいつもいちばんに登校《とうこう》しているし、かすかに京先輩《けいせんぱい》の声《こえ》もする……。

宮《みや》さんの声《こえ》は聞《き》こえないけど、宮《みや》さんは朝《あさ》が弱《よわ》いのかいつも朝練《あされん》のときは口数《くちかず》が少《すく》ないだけで、きっと来《き》ているはず。

「多分《たぶん》集《あつ》まってると思《おも》います。はいりましょう」

「う、うん……」

覚悟《かくご》を決《き》めたように、深《ふか》くうなずいた影先輩《えいせんぱい》。

一緒《いっしょ》に、体育館《たいいくかん》のとびらをあけた。

みなさんの視線《しせん》が、一斉《いっせい》に私《わたし》たちに集《あつ》まる。

「お、おはようっ……」

しーんと静《しず》まった体育館《たいいくかん》に、影先輩《えいせんぱい》の元気《げんき》なあいさつがひびいた。

「え……」

「あ……影《えい》さん……！」

「影《えい》……」

「おはよう」

龍《りゅう》さんだけはいつものようにあいさつをかえしているけど、みなさんと同《おな》じようにおどろいた顔《かお》をしている。

「あの……昨日《きのう》は、ごめんなさい……！」

影先輩《えいせんぱい》がみなさんのほうをむきながら、深々《ふかぶか》と頭《あたま》をさげた。

「昨日《きのう》だけじゃなくて……ずっと朝練《あされん》サボってて、本当《ほんとう》にごめんなさい……！　どうしても朝起《あさお》きられなくて……でも、みんなと一緒《いっしょ》にがんばりたいって、本当《ほんとう》に、思《おも》ってるんだ……」

必死《ひっし》に思《おも》いを伝《つた》えている影先輩《えいせんぱい》を見守《みまも》りながら、心《こころ》の中《なか》で「がんばってください」とエールを送《おく》った。

「だから……僕《ぼく》も朝練《あされん》、参加《さんか》してもいいかな……」

はなれたところにいた壱《いち》さんが、一直線《いっちょくせん》に走《はし》ってくる。

「当《あ》たり前《まえ》っす！　待《ま》ってたんですよ！」

おそるおそる頭《あたま》をあげた影先輩《えいせんぱい》の背中《せなか》を、バンッとたたいた。

い、痛《いた》そうっ……でも、影先輩《えいせんぱい》、ほっとした顔《かお》だ……。

「つーか……昨日《きのう》は俺《おれ》のほうこそすみませんでした……」

「影《えい》さん……俺《おれ》も、最低《さいてい》なこと言《い》いました。本当《ほんとう》にすみません」

「俺《おれ》も、より添《そ》ってあげられなくて、ごめんね」

壱《いち》さんだけじゃなくて、宮《みや》さんと京先輩《けいせんぱい》も、影先輩《えいせんぱい》のほうに歩《あゆ》みよってきた。

「み、みんなは本当《ほんとう》に悪《わる》くないんだ……！　それなのに、あやまってくれてありがとうっ……」

「ふはっ、あやまってくれてありがとうって、なんのお礼《れい》っすか」

「ほら、早《はや》く準備《じゅんび》してください」

「そうだよ〜！　練習試合《れんしゅうじあい》まで、びしばしいくよ〜」

「うん……！」

影先輩《えいせんぱい》、すごくうれしそう……。

ずっと不安《ふあん》そうだったから……みなさんと仲《なか》なおりできて、本当《ほんとう》によかったっ……。

ひとりで喜《よろこ》んでいたとき、龍《りゅう》さんがこっちを見《み》ていることに気《き》づいた。

なにやら、じーっと私《わたし》と影先輩《えいせんぱい》を見《み》ている。

「ふたりとも……偶然会《ぐうぜんあ》ったの？」

え……？

「あ、たしかに！　なんでふたりで来《き》たんっすか？」

あ、そういうことかっ……私《わたし》と影先輩《えいせんぱい》が同時《どうじ》にはいってきたから、不思議《ふしぎ》に思《おも》ったのかもしれない。

「じつは……涼風《すずかぜ》さんが、起《お》こしに来《き》てくれたんだ」

なんて言《い》おうか迷《まよ》ったけど、影先輩《えいせんぱい》が説明《せつめい》してくれた。

「「「え……」」」

龍《りゅう》さん以外《いがい》が声《こえ》をそろえて、おどろいたようにぎょっと目《め》を見開《みひら》いた。

「僕《ぼく》がひとりで起《お》きられなくて……お願《ねが》いして……」

まるで影先輩《えいせんぱい》がたのんだみたいな言《い》い方《かた》だけど、お願《ねが》いしたのはむしろ私《わたし》のほう。

「わ、私《わたし》が勝手《かって》にするって言《い》いだしたんです」

「まあ、影《えい》さん連《つ》れてきてくれたのは感謝《かんしゃ》だけど」

「……」

ん……？

なにか言《い》いたげな目《め》で、こっちを見《み》ている壱《いち》さんと宮《みや》さん。

「ふたりとも、羨《うらや》ましそうな目線《めせん》送《おく》っちゃってどうしたの～」

京先輩《けいせんぱい》……？　羨《うらや》ましそうな目線《めせん》……？

「ち、ちが……そんな目《め》してねーっすよ！」

「……羨《うらや》ましいとか思《おも》ってない」

「俺《おれ》は羨《うらや》ましいな～……俺《おれ》も起《お》こしに来《き》てほしい～！」

みなさんが口々《くちぐち》になにか言《い》っている中《なか》、龍《りゅう》さんはむずかしい顔《かお》をしてこっちを見《み》ていた。

「陽《よう》……ありがとう。……でも、それなら俺《おれ》が影《えい》を起《お》こしに行《い》くよ」

龍《りゅう》さんが……？

「えっ……」

あせったように、声《こえ》を漏《も》らした影先輩《えいせんぱい》。

たしかに、影先輩《えいせんぱい》の目覚《めざ》まし係《がかり》は、私《わたし》じゃなくてもいいと思《おも》うけど……龍《りゅう》さんはただでさえ仕《し》事《ごと》が多《おお》いし、負担《ふたん》にならないかな……？

「龍《りゅう》の家《いえ》と影《えい》の家《いえ》って、正反対《せいはんたい》でしょ？」

「……」

「あれ？　余計《よけい》なこと言《い》っちゃった？」

なぜか龍《りゅう》さんににらみつけられて、苦笑《にがわら》いしている京先輩《けいせんぱい》。

「私《わたし》は通学《つうがく》のとちゅうなので、ひきつづきお手伝《てつだ》いさせてください」

「あ、ありがとう、涼風《すずかぜ》さんっ……！」

ほほえむと、影先輩《えいせんぱい》も笑顔《えがお》をかえしてくれた。

「……」

「龍《りゅう》、そんな嫉妬《しっと》しなくても、大丈夫《だいじょうぶ》だよ」

「……うるさい」

京先輩《けいせんぱい》と龍《りゅう》さんのそんな会話《かいわ》は、私《わたし》にはとどかなかった。

憧《あこが》れの存在《そんざい》

あれから毎日《まいにち》影先輩《えいせんぱい》を起《お》こしに行《い》っていて、影先輩《えいせんぱい》は今《いま》、3日《みっか》連続《れんぞく》朝練《あされん》皆勤賞《かいきんしょう》だ。

瀬戸中《せとちゅう》との試合《しあい》にむけた練習《れんしゅう》が本格的《ほんかくてき》にはじまって、今日《きょう》もみなさんがんばって練習《れんしゅう》している。

「影《えい》さん！」

2対《たい》3の対決中《たいけつちゅう》。影先輩《えいせんぱい》が放《はな》ったシュートが、きれいにネットをくぐる。

「ナイスシュート影《えい》さん！」

「あ、ありがとうっ……」

バシッと壱《いち》さんに背中《せなか》をたたかれて痛《いた》そうにしているけど、うれしそうな表情《ひょうじょう》に私《わたし》までうれしくなった。

朝《あさ》はいつも辛《つら》そうだけど、バスケ部《ぶ》のみなさんと一緒《いっしょ》にがんばりたいという一心《いっしん》で早起《はやお》きしている。

がんばっている影先輩《えいせんぱい》を見《み》て、私《わたし》も一層《いっそう》がんばらなきゃという気持《きも》ちになった。

「この調子《ちょうし》なら、あいつらもこてんぱんにできそうっすね！」

「まあ、油断《ゆだん》は禁物《きんもつ》だけどね～。実力《じつりょく》だけはまあああったし」

対決《たいけつ》が終《お》わって一旦休憩《いったんきゅうけい》になって、水分補給《すいぶんほきゅう》しているみなさん。

「絶対《ぜったい》に勝《か》つ……」

「そういえば……相手《あいて》の人《ひと》たちって、どんな人《ひと》たちなの？」

あ……それは、私《わたし》も少《すこ》し気《き》になる……。

影先輩《えいせんぱい》の質問《しつもん》に、壱《いち》さんがしかめっつらになった。

「そりゃもう……さいってーな野郎《やろう》どもっすよ」

「壱《いち》はとくにいびられてたもんね～」

京先輩《けいせんぱい》も、当時《とうじ》を思《おも》いだすようにため息《いき》をついている。

「俺《おれ》たちが所属《しょぞく》してたクラブチームはさ、上下関係《じょうげかんけい》が厳《きび》しくて……今《いま》の2年《ねん》のやつらはその中《なか》でも年下《としした》に対《たい》してひどかったんだ」

そうだったんだ……。

「罵倒《ばとう》したり、パシリとかは当《あ》たり前《まえ》だったし……とくに実力《じつりょく》がある年下《としした》には、コーチにうそをついてペナルティ与《あた》えさせたり、ほんと陰湿《いんしつ》だった～」

「俺《おれ》と宮《みや》なんかうまかったから最初《さいしょ》っから目《め》つけられて、めちゃくちゃ陰湿《いんしつ》ないやがらせされたんだよ」

知《し》られざる事実《じじつ》に、胸《むね》が痛《いた》くなった。

ひどい上下関係《じょうげかんけい》……。

そういえば……サッカー部《ぶ》でも、何度《なんど》かそういう問題《もんだい》があがったことがあった。

3年生《ねんせい》が1年生《ねんせい》をパシリにして、1年生《ねんせい》が退部《たいぶ》して……。

やめた1年生《ねんせい》は実力《じつりょく》がある人《ひと》だったから、3年生《ねんせい》はすごく怒《おこ》られてた。

「試合中《しあいちゅう》もパス回《まわ》してもらえなかったり……二軍《ぐん》のくせにでかい顔《かお》して、ほんと思《おも》いだしただけで頭《あたま》にくるわ……」

「龍《りゅう》が定期的《ていきてき》に注意《ちゅうい》してたんだけど、龍《りゅう》が見《み》てないところでいやがらせしてたから、こっちも対《たい》応《おう》しきれなかったんだよね」

「そうそう、龍《りゅう》さんは絶対自分勝手《ぜったいじぶんかって》なプレーしないし、昔《むかし》からいい人《ひと》だったから俺《おれ》らもなついてたんだよ。龍《りゅう》さんと京《けい》さんと皇《こう》さん以外全員《いがいぜんいん》きらいだった」

皇《こう》さん……。

もうひとりの、バスケ部《ぶ》の人《ひと》かな……？

バスケ部《ぶ》のみなさんはすごく仲《なか》がいいなと思《おも》っていたけど、みなさんの絆《きずな》は数年前《すうねんまえ》から築《きず》きあげられてたものだったんだな……。

「俺《おれ》たちも早《はや》く一軍《ぐん》にあがれるようにがんばってたけど……そいつらがいやすぎて、半年《はんとし》でやめた」

みなさんは、やめたくてやめたわけじゃなかったんだ……。

そう思《おも》うと、やるせない気持《きも》ちになった。

「瀬戸中《せとちゅう》にあがったのは知《し》ってたから、練習試合申《れんしゅうじあいもう》しこみまくってたんっすけど……あいつら、龍《りゅう》さんに負《ま》けるのがこわくてずっと逃《に》げてたんっすよ！」

「龍《りゅう》くんはクラブチームのときから強《つよ》かったんだね」

目《め》をかがやかせて、羨望《せんぼう》の眼差《まなざ》しをむけた影先輩《えいせんぱい》。

「学年《がくねん》でゆいいつの一軍《ぐん》だったたっすから！」

龍《りゅう》さん、一軍《ぐん》だったんだっ……。

こんなに上手《じょうず》だから、クラブチームでもきっとすごい人《ひと》だったんだろうな……。

壱《いち》さんたちを守《まも》ってたなんて、かっこいい……。

龍《りゅう》さんは、知《し》れば知《し》るほどすてきな人《ひと》だと思《おも》う。

私《わたし》も……龍《りゅう》さんみたいになりたい。

堂々《どうどう》としてて、強《つよ》くて、でもだれよりもやさしくて……自分《じぶん》をちゃんと持《も》ってて……だれかを、守《まも》れる人《ひと》に……。

「……ま、そういう因縁《いんねん》もあるんで、ぜってー練習試合《れんしゅうじあい》は負《ま》けたくねーんっすよ」

「あんな雑魚《ざこ》に負《ま》けるくらいなら、バスケやめる」

「俺《おれ》も～。本気《ほんき》になったりするのってダサいけど……ダサいやつらに負《ま》けるほうが、もっとダサいし」

みなさんにとっても……どうしても負《ま》けられない試合《しあい》だってことが、改《あらた》めてわかった。

影先輩《えいせんぱい》も、気合《きあ》いをいれなおすようにきりっとして、「うん……！」と力強《ちからづよ》くうなずいている。

私《わたし》も……みなさんに、絶対《ぜったい》に勝《か》ってほしい。

練習試合《れんしゅうじあい》まで……全力《ぜんりょく》でみなさんをサポートするぞ……！

お弁《べん》当《とう》

明後日《あさって》は、ついに練習試合当日《れんしゅうじあいとうじつ》。

明日《あした》は……試合《しあい》までの、最後《さいご》の練習日《れんしゅうび》だ。

お昼休《ひるやす》みになって、明日《あした》の練習《れんしゅう》のスケジュールを確認《かくにん》する。

「ねえ、さっきバスケ部《ぶ》の人《ひと》たちいたよ……！」

「全員《ぜんいん》そろってた……！　なんか、オーラがちがうよね……！」

「うん、めちゃくちゃキラキラしてたもん……！」

廊下《ろうか》のほうから、女《おんな》の子《こ》たちの会話《かいわ》が聞《き》こえてきた。

やっぱり、バスケ部《ぶ》のみなさんの人気《にんき》はすごいな……。

たしかにみなさん、いつもどれだけつかれてもキラキラしてる気《き》がする……。

「あ、でも……ひとりだけ暗《くら》い人《ひと》いるよね」

「メガネの人《ひと》だよね、わかる～」

え……メガネって……影先輩《えいせんぱい》のこと……？

「身長高《しんちょうたか》いけど、いつもびくびくしてるし……」

「あの人《ひと》以外《いがい》は全員文句《ぜんいんもんく》なしのイケメンだよね！」

影先輩《えいせんぱい》のことをそんなふうに言《い》われて、かなしくなった。

影先輩《えいせんぱい》はすごくいい人《ひと》で、努力家《どりょくか》でまじめで……魅力的《みりょくてき》な人《ひと》なのにな……。

私《わたし》からしたら、影先輩《えいせんぱい》だってきらきらしてる。

こんなかなしい声《こえ》が、影先輩《えいせんぱい》の耳《みみ》にはいらなかったらいいなと願《ねが》わずにはいられなかった。


「気合《きあ》いいれていくっす！」

「あいつらには、絶対負《ぜったいま》けない……」

放課後《ほうかご》になって、いつも以上《いじょう》に集中力《しゅうちゅうりょく》を高《たか》めて練習《れんしゅう》に挑《いど》んでいるバスケ部《ぶ》のみなさん。

「みんな、動《うご》きもよくなってきたし、一週間前《いっしゅうかんまえ》とは見《み》ちがえたね」

「京《けい》くんも、コントロールにみがきがかかってる……！　すごいよ……！」

「そういう影《えい》さんも、いい感《かん》じです」

「へへっ、影《えい》さんもうすっかり中級者《ちゅうきゅうしゃ》っすね！」

「今日《きょう》と明日《あした》はひたすら、実戦《じっせん》にむけての練習《れんしゅう》だ」

みなさん、練習楽《れんしゅうたの》しそうだな……。

放課後《ほうかご》も朝練《あされん》も毎日欠《まいにちか》かさず集《あつ》まっていて、つかれもたまっていると思《おも》うのに……なんだか日《ひ》に日《ひ》に、みなさんの団結力《だんけつりょく》があがっている気《き》がする。

なにより、みなさんが必死《ひっし》に練習《れんしゅう》にとりくんでいるのを見《み》て、龍《りゅう》さんが心《こころ》なしかうれしそうに見《み》えて……それがいちばん、うれしかった。

少《すこ》し前《まえ》に、龍《りゅう》さんが言《い》っていた言葉《ことば》を思《おも》いだす。

『前《まえ》にも言《い》ったけど……俺《おれ》は今《いま》のメンバーなら、全国《ぜんこく》も夢《ゆめ》じゃないって本気《ほんき》で思《おも》ってるから』

『まあそのためには、あいつらのやる気《き》をひきださないといけないけど……みんな、やればできる子《こ》だから大丈夫《だいじょうぶ》』

龍《りゅう》さんが、言《い》っていたとおりだ……。

瀬戸中《せとちゅう》は、県大会準優勝《けんたいかいじゅんゆうしょう》の強豪《きょうごう》だ。

明後日《あさって》の試合《しあい》は……全国大会《ぜんこくたいかい》への、第一歩《だいいっぽ》になるんじゃないかな……。

ラストスパート……私《わたし》も全力《ぜんりょく》で、みなさんをサポートしたい……！

龍《りゅう》さんが、ちいさくあくびをしたのが見《み》えた。

すぐに口《くち》を閉《と》じて、何事《なにごと》もなかったように練習《れんしゅう》を再開《さいかい》している。

龍《りゅう》さん、つかれてるのかな……？

当然《とうぜん》だよね……連日《れんじつ》の練習《れんしゅう》に合《あ》わせて、みなさんの練習《れんしゅう》メニューを組《く》んだり、キャプテンとしての仕事《しごと》もあるし……大変《たいへん》に決《き》まってる。

マネージャーとして、できる限《かぎ》りのことはしたいと思《おも》っているけど、練習《れんしゅう》メニューを考《かんが》えたりは、まだ私《わたし》にはできないから……。

つかれている龍《りゅう》さんに、なにかしたいな……。

そう思《おも》ったとき、私《わたし》は少《すこ》し前《まえ》の龍《りゅう》さんとの会話《かいわ》を思《おも》いだした。

『よかったら……今度《こんど》、龍《りゅう》さんの分《ぶん》もお弁当《べんとう》、作《つく》ってきます』

『ほんとに？』

明日《あした》は土曜日《どようび》で練習最終日《れんしゅうさいしゅうび》だし、お弁当《べんとう》を作《つく》っていこうかな……。

よかったらほかのみなさんの分《ぶん》もと思《おも》ったけど、まだみなさんも私《わたし》に対《たい》して警戒心《けいかいしん》があると思《おも》うし……手作《てづく》りは抵抗《ていこう》がある人《ひと》も多《おお》いって聞《き》くから、やめておこう。

『すっげーうれしい。楽《たの》しみ』

龍《りゅう》さんなら……きっと、喜《よろこ》んでくれる気《き》がする……。

うん……明日《あした》、作《つく》っていこうっ……。

次《つぎ》の日《ひ》。影先輩《えいせんぱい》を起《お》こしに行《い》く前《まえ》に、自分《じぶん》の分《ぶん》と龍《りゅう》さんの分《ぶん》のお弁当《べんとう》を作《つく》って、家《いえ》をでた。

「腹《はら》へった〜……飯《めし》〜」

お昼休《ひるやす》みになって、みなさんがお昼《ひる》ごはんを求《もと》めて部室《ぶしつ》にもどっていく。

「俺《おれ》もお腹《なか》すいた……ごはん食《た》べないともう動《うご》けない〜……」

「あはは、だね……」

「……」

体育館《たいいくかん》に龍《りゅう》さんだけが残《のこ》っているのを見《み》て、近《ちか》くにおいていたスクールバッグからお弁当箱《べんとうばこ》をとりだした。

わたすなら、みなさんがいない今《いま》しかない……！

「あ、あの……！」

ノートに真剣《しんけん》にメモをとっている龍《りゅう》さんに声《こえ》をかけると、すぐに顔《かお》をあげてくれた。

「陽《よう》？　どうしたの？　仕事《しごと》だったら後《あと》でいいから、お昼食《ひるた》べておいで」

龍《りゅう》さんのほほえみに、ドキッとする。

相変《あいか》わらず、龍《りゅう》さんの笑顔《えがお》は破壊力《はかいりょく》があるなっ……。

もしお腹《なか》が空《す》いてなかったらどうしようとか、今日《きょう》はお腹《なか》の調子《ちょうし》が悪《わる》くてごはんを食《た》べたくなかったらどうしようとか、次々《つぎつぎ》と悪《わる》い方向《ほうこう》に考《かんが》えてしまう。

「大丈夫《だいじょうぶ》？」

ぐるぐる悩《なや》んでいると、龍《りゅう》さんが顔《かお》を覗《のぞ》きこんできた。

し、心配《しんぱい》をかけてしまったら本末転倒《ほんまつてんとう》だ……と、とにかく、わたそう……！

「あの……これ、よかったらっ……」

私《わたし》は龍《りゅう》さんに作《つく》ってきたお弁当《べんとう》を、そっと目《め》の前《まえ》に差《さ》しだした。

「この前《まえ》、お弁当《べんとう》を作《つく》るって、約束《やくそく》したのを思《おも》いだして……あの……お腹《なか》が空《す》いてなかったら、むりに……」

「……え？」

「食《た》べたい……！　ほんとにいいの？」

ぶんぶんと首《くび》を縦《たて》にふると、龍《りゅう》さんはぱあっとさらに顔《かお》を明《あか》るくした。

「やったっ……」

むじゃきな笑顔《えがお》に、またドキッとしてしまう。

こ、こんなに喜《よろこ》んでくれるなんて……。

やっぱり、思《おも》い切《き》って作《つく》ってよかったなっ……。

「今《いま》食《た》べてもいい？」

「も、もちろんです」

「陽《よう》も一緒《いっしょ》に食《た》べよう」

体育館《たいいくかん》のステージの、框《かまち》のところにすわった龍《りゅう》さん。私《わたし》もとなりにすわらせてもらって、自分《じぶん》の分《ぶん》のお弁当《べんとう》を広《ひろ》げた。

「うわ……うまそう……」

お弁当箱《べんとうばこ》をあけて、目《め》をきらきらさせている龍《りゅう》さん。

この前《まえ》、みなさんの反応《はんのう》を見《み》たときも思《おも》ったけど……みなさんにとってお弁当《べんとう》って、めずらしいのかな……？

「いただきます」

手《て》を合《あ》わせて、食《た》べはじめた龍《りゅう》さんをじっと見《み》る。

お、お口《くち》に合《あ》うといいな……。

ドキドキしながら龍《りゅう》さんの反応《はんのう》を見《み》ると、その目《め》がさらにぱあっとかがやいた。

「……おいしい……やばい、しあわせ」

よ、よかった……。

で、でも、大袈裟《おおげさ》じゃないかな……？

気《き》を遣《つか》わせてしまったかも……と心配《しんぱい》になったけど、本当《ほんとう》にしあわせそうな表情《ひょうじょう》を見《み》て、少《すこ》し安心《あんしん》した。

それにしても……龍《りゅう》さん、やっぱり食《た》べるの速《はや》いなっ……。

龍《りゅう》さんのお弁当箱《べんとうばこ》は、私《わたし》の倍《ばい》のサイズにしたけど、すごいスピードでおかずがなくなっていく。

わ、私《わたし》も早《はや》く食《た》べようっ……！

「お弁当《べんとう》って……前《まえ》の部活《ぶかつ》でも、作《つく》ってたの？」

え……？

龍《りゅう》さんがサッカー部《ぶ》のことを聞《き》いてくるのは、めずらしい……。

おどろいたけど、龍《りゅう》さんになら聞《き》かれても平気《へいき》だ。

「い、いいえ、サッカー部《ぶ》では一度《いちど》も作《つく》ってません。だれかにお弁当《べんとう》を作《つく》ったのは……龍《りゅう》さんがはじめてです」

幼《おさな》なじみだった虎《とら》くんに手料理《てりょうり》をふるまったことはあるけど、お弁当《べんとう》を作《つく》ったことはない。

私《わたし》の返事《へんじ》に、うれしそうにほほえんでくれた龍《りゅう》さん。

「うれしい」

龍《りゅう》さんって……いつも、感情《かんじょう》を表情《ひょうじょう》でも言葉《ことば》でも伝《つた》えてくれる気《き》がする……。

私《わたし》は人《ひと》の顔色《かおいろ》を窺《うかが》っちゃう癖《くせ》があるけど……龍《りゅう》さんといると変《へん》に気《き》を遣《つか》ったり、勘《かん》ぐったりしないのは……龍《りゅう》さんがちゃんと言葉《ことば》にしてくれるからだと思《おも》う。

「お弁当《べんとう》、本当《ほんとう》においしい。ありがとう」

「ありがとう」も「ごめんね」も、ぜんぶ伝《つた》えてくれる。

それってすごく……素敵《すてき》なことだと思《おも》う。

私《わたし》も龍《りゅう》さんには……いつだって正直《しょうじき》でいたいな……。

「い、いえ……喜《よろこ》んでもらえて、私《わたし》のほうがうれしいです。ありがとうございます」

私《わたし》もお礼《れい》を言《い》うと、龍《りゅう》さんはくすっと笑《わら》った。

「ねえ、また……」

——ガラッ！

「あー、食《く》った食《く》った……って、なに食《た》べてんっすか！」

もうお昼《ひる》ごはんを食《た》べ終《お》わったのか、みなさんが体育館《たいいくかん》にもどってきた。

壱《いち》さんは龍《りゅう》さんのお弁当《べんとう》を見《み》て、目《め》をぎょっと見開《みひら》いていた。

そのまま、こっちに走《はし》ってくる。

「これって……もしかして、涼風《すずかぜ》の手作《てづく》り弁当《べんとう》っすか⁉」

「……」

「やっぱりふたりって……」

「壱《いち》、陽《よう》の前《まえ》で余計《よけい》なこと言《い》うな」

ぎろりとにらまれて、「ひっ……！」と声《こえ》を漏《も》らしている壱《いち》さん。

ほかのみなさんもこっちにきて、もうほとんど残《のこ》っていない龍《りゅう》さんのお弁当《べんとう》をじっと見《み》ている。

「なんで龍《りゅう》さんにだけ……！　ずりー！」

「いいな〜、俺《おれ》も陽《よう》ちゃんの手作《てづく》り弁当《べんとう》食《た》べたいな〜」

「う、羨《うらや》ましい……」

「俺《おれ》たちのはないのかよ……」

みなさんの反応《はんのう》に、おろおろしてしまった。

「あ、あの、迷惑《めいわく》かと思《おも》って……」

「なんでだよ！　俺《おれ》らだってうまい飯《めし》食《く》いてーっつーの！」

「そうだよ、好《す》きでコンビニ飯《めし》食《た》べてるわけじゃないもん」

そ、そっか……。

作《つく》ってきても、よかったんだ……。

私《わたし》が作《つく》ったものを食《た》べたいと言《い》ってもらえるのは……すごくうれしかった。

「……次《つぎ》は俺《おれ》たちの分《ぶん》も作《つく》って」

宮《みや》さんまで……。

胸《むね》の奥底《おくそこ》から、熱《あつ》いものがこみあげてくる。

少《すこ》しはみなさんに……信頼《しんらい》してもらえているのかな……。

距離《きょり》が縮《ちぢ》まったような気《き》がして、正式《せいしき》にバスケ部《ぶ》のマネージャーになったことを、改《あらた》めて実感《じっかん》した。

「は、はい！」

今度《こんど》は……みなさんの分《ぶん》も、作《つく》らせてもらおうっ……。

不満《ふまん》そうにしながらも、早速練習《さっそくれんしゅう》をはじめているみなさん。

私《わたし》も早《はや》く食《た》べて、練習《れんしゅう》に参加《さんか》しようっ……。

あれ……？　龍《りゅう》さん……複雑《ふくざつ》そうな顔《かお》して、どうしたんだろう……？

心配《しんぱい》になって、龍《りゅう》さんの顔《かお》を覗《のぞ》きこむ。

「どうしたんですか？」

そっと聞《き》くと、龍《りゅう》さんは耳《みみ》に口《くち》を近《ちか》づけてきた。

「俺《おれ》がひとりじめしたかっただけ」

こそっと耳打《みみう》ちされて、ドキッと大《おお》きく心臓《しんぞう》が高鳴《たかな》る。

そ、それは……私《わたし》のことじゃなくて、お弁当《べんとう》のことだよね……？

勘《かん》ちがいしそうになった自分《じぶん》に恥《は》ずかしくなって、赤《あか》い顔《かお》をかくすように視線《しせん》を逸《そ》らした。

決戦前夜《けっせんぜんや》

「それじゃあ、今日《きょう》はここまで」

龍《りゅう》さんの掛《か》け声《ごえ》で、練習試合前《れんしゅうじあいまえ》の最後《さいご》の練習《れんしゅう》が幕《まく》を閉《と》じた。

「明日《あした》は試合当日《しあいとうじつ》だから、今日《きょう》は家《いえ》に帰《かえ》ったら、各自《かくじ》しっかり休《やす》むように」

「はいっす！」

壱《いち》さんの元気《げんき》な声《こえ》が、体育館《たいいくかん》にひびいた。

「試合《しあい》は朝《あさ》の9時《じ》からだから、7時半《じはん》に集合《しゅうごう》して、全員《ぜんいん》で瀬戸中《せとちゅう》にむかう」

朝練《あされん》よりは余裕《よゆう》があるけど、集合時間《しゅうごうじかん》は比較的早《ひかくてきはや》い。

明日《あした》も影先輩《えいせんぱい》をむかえに行《い》って、間《ま》にあうように学校《がっこう》にむかおう。

かたづけが終《お》わって手《て》を洗《あら》おうとしたとき、影先輩《えいせんぱい》のうしろ姿《すがた》が見《み》えた。

顔《かお》を洗《あら》っていたのか、タオルでごしごしふいている。

「あ、今日《きょう》〝告発《こくはつ》の謎《なぞ》〟放送《ほうそう》じゃん」

あれ……？

手洗《てあら》い場《ば》のむこうでだれか歩《ある》いていたのか、女《おんな》の子《こ》の声《こえ》が聞《き》こえた。

影先輩《えいせんぱい》が、びくっと肩《かた》をはねさせた。

「ドラマ？」

「そうそう！　めっちゃ面白《おもしろ》いから見《み》て！　女優《じょゆう》の三鷹光《みたかひかり》がさ、ちょーかっこいいの！」

背中《せなか》しか見《み》えないからわからないけど、先輩《せんぱい》が急《いそ》いでメガネをかけて、女《おんな》の子《こ》たちからかくれるようにその場《ば》にしゃがんでいる。

「そういえば、三鷹光《みたかひかり》って子《こ》どももいたよね。モデルの……〝カゲ〟だっけ？」

「いたいた！　めちゃくちゃ美形《びけい》の息子《むすこ》！　でも、引退《いんたい》したんじゃなかったっけ？」

どうしたんだろう……影先輩《えいせんぱい》の背中《せなか》、ふるえてる気《き》がする……。

女《おんな》の子《こ》たちの声《こえ》が聞《き》こえなくなって、そっと先輩《せんぱい》にかけよった。

「影先輩《えいせんぱい》？」

大丈夫《だいじょうぶ》、かな……？

「あっ……す、涼風《すずかぜ》さん、どうしたのっ……！」

ふりかえった影先輩《えいせんぱい》は笑顔《えがお》だったけど、その顔《かお》は真《ま》っ青《さお》だった。

「あの、すわりこんで、大丈夫《だいじょうぶ》ですか？」

「あ……う、うん！　練習《れんしゅう》がハードだったから、ちょっとつかれただけだよ……！」

心《こころ》なしか、声《こえ》もふるえている気《き》がする。

全然大丈夫《ぜんぜんだいじょうぶ》に見《み》えない……。

説明《せつめい》できないけど……今影先輩《いまえいせんぱい》をひとりにしたら、いけない気《き》がする……。

「あの……よかったら、一緒《いっしょ》に帰《かえ》りませんか？」

「……っ、え？」


帰《かえ》る支度《したく》をして、ふたりで学校《がっこう》をでる。

いつも一緒《いっしょ》に登校《とうこう》しているけど……ふたりで一緒《いっしょ》に帰《かえ》るのははじめてだ。

影先輩《えいせんぱい》、まだ顔色悪《かおいろわる》いな……大丈夫《だいじょうぶ》かな……。

心配《しんぱい》でちらりと顔《かお》を見《み》たとき、影先輩《えいせんぱい》と視線《しせん》がぶつかった。

「あ……ご、ごめんねっ……！」

どうしてあやまるんだろう……？

「いえ、私《わたし》のほうこそすみません……」

とっさに、私《わたし》もあやまってしまった。

どうしようかな……心配《しんぱい》だから、はっきり聞《き》こうかな……。

「影先輩《えいせんぱい》……なにかありましたか？」

「え……？」

「顔色《かおいろ》が、よくない気《き》がして……」

「あ、あはは……心配《しんぱい》してくれてありがとうっ……えっと、明日試合《あしたしあい》だと思《おも》うと、緊張《きんちょう》しちゃって……い、今《いま》から緊張《きんちょう》するなんて、早《はや》いよね……」

試合前《しあいまえ》だから緊張《きんちょう》してるっていうのはうそじゃないだろうけど……それだけじゃない気《き》がした。

練習《れんしゅう》が終《お》わったときは、いつもどおりだったはず……でも……これ以上聞《いじょうき》かれたら、いやかな……。

どうすればいいかわからなくてじっと見《み》つめていると、私《わたし》の視線《しせん》に気《き》づいたように、影先輩《えいせんぱい》が視線《しせん》をさげた。

「あ……あ、あの……」

まずい……見《み》すぎてたかな……。

「……僕《ぼく》の話《はなし》、してもいいかな……」

……え？

影先輩《えいせんぱい》の話《はなし》……？

先輩《せんぱい》は、滅多《めった》に自分《じぶん》の話《はなし》をしない。自分《じぶん》のことを話《はな》すのが好《す》きじゃないと思《おも》っていたし、だから私《わたし》もむりに聞《き》かなかったけど……。

聞《き》いてみたい……。

首《くび》を縦《たて》にふると、影先輩《えいせんぱい》はゆっくり口《くち》をひらいた。

「じつは……僕《ぼく》の母《かあ》さん、女優《じょゆう》なんだ……三鷹光《みたかひかり》っていう」

えっ……⁉

衝撃《しょうげき》のカミングアウトに、あいた口《くち》が塞《ふさ》がらなくなった。

み、三鷹光《みたかひかり》さんって……国民的大女優《こくみんてきだいじょゆう》の……。絶世《ぜっせい》の美女《びじょ》と謳《うた》われている、正真正銘日本《しょうしんしょうめいにほん》を代表《だいひょう》する役者《やくしゃ》さんだ。

……ちょっと待《ま》って……さっき、とおりすがりの女《おんな》の子《こ》たちが、三鷹光《みたかひかり》さんの話《はなし》をしてたような……。

『そういえば、三鷹光《みたかひかり》って子《こ》どももいたよね。モデルの……〝カゲ〟だっけ？』

『いたいた！　めちゃくちゃ美形《びけい》の息子《むすこ》！　でも、引退《いんたい》したんじゃなかったっけ？』

もしかして、引退《いんたい》したモデルって……。

「昔《むかし》、三鷹光《みたかひかり》の息子《むすこ》としてモデルデビューして……少《すこ》しだけモデル活動《かつどう》してたんだ」

やっぱり……影先輩《えいせんぱい》の、ことだったんだ……。

「こ、こんな僕《ぼく》がモデルなんて、似合《にあ》わないよねっ……」

「そんなことありません」

びっくりしたけど……影先輩《えいせんぱい》は身長《しんちょう》も高《たか》いしスタイルもいい。メガネをかけた顔《かお》しか見《み》たことがないけど、きっとかっこいいんだろうな。

「モデル活動《かつどう》は、こわくて……逃《に》げるように、やめたんだ。大女優《だいじょゆう》の息子《むすこ》として売《う》りだされて、母《かあ》さんの名前《なまえ》と見《み》た目《め》だけで評価《ひょうか》されて……僕《ぼく》にとっては、こわくてこわくてたまらなかった」

影先輩《えいせんぱい》の声《こえ》が、苦《くる》しそうにふるえていた。

「つねに見定《みさだ》められているみたいで……まわりの人《ひと》ぜんぶが敵《てき》に見《み》えた。このメガネも……見《み》られるのがこわいって思《おも》ってつけはじめたけど、これをつけることで、僕《ぼく》の中身《なかみ》を評価《ひょうか》してもらいたいって思《おも》ってた」

「……」

「だけど……改《あらた》めて、僕《ぼく》はからっぽな人間《にんげん》なんだって気《き》づいて……自分《じぶん》のことがきらいになった。

メガネも……いつのまにか、手放《てばな》せなくなってた」

私《わたし》には想像《そうぞう》もできないけど……影先輩《えいせんぱい》はやさしくて繊細《せんさい》な人《ひと》だから、人《ひと》に評価《ひょうか》される仕事《しごと》は、相当《そうとう》こわかったにちがいない。

それに、それだけ有名《ゆうめい》な女優《じょゆう》さんの息子《むすこ》なら、なおさら……影先輩《えいせんぱい》が背負《せお》っていたプレッシャーは計《はか》り知《し》れない。

「試合《しあい》が近《ちか》づくにつれてこわかったんだけど、さっき改《あらた》めて、自分《じぶん》の過去《かこ》を思《おも》いだして……僕《ぼく》は……臆病《おくびょう》で、弱虫《よわむし》で……今《いま》までずっと逃《に》げつづけて生《い》きてきたんだ……あ、はは……」

影先輩《えいせんぱい》……。

そんなかなしい言葉《ことば》を吐《は》いて、かなしい笑《え》みをうかべないでほしい……。

やさしすぎるくらいやさしい影先輩《えいせんぱい》に、これ以上傷《いじょうきず》ついてほしくないと思《おも》った。

「私《わたし》は……影先輩《えいせんぱい》が逃《に》げてるなんて思《おも》いません」

「……ありがとう、涼風《すずかぜ》さん」

ちがう、なぐさめなんかじゃないのに……。

私《わたし》は本当《ほんとう》に、そう思《おも》ってるんだ。

「でも、バスケ部《ぶ》に来《き》たのだって、ある意味逃《いみに》げだったのかもしれない。モデルをやめて、僕《ぼく》にはなにもなくなって……とりあえずなにかしなきゃって……」

「逃《に》げじゃなくて、選択《せんたく》なんじゃないでしょうか」

「選択《せんたく》……？」

「はい。バスケ部《ぶ》にはいるっていう選択《せんたく》」

影先輩《えいせんぱい》はまちがってないってわかってほしくて、そっとほほえんだ。

「勇気《ゆうき》をだして、一歩《いっぽ》踏《ふ》みだしたからこそ……影先輩《えいせんぱい》はここにいるんです。だから、これは逃《に》げじゃないです」

「涼風《すずかぜ》さん……」

少《すこ》しでも……伝《つた》わればいいな。影先輩《えいせんぱい》ががんばってること。

「それに……影先輩《えいせんぱい》は中身《なかみ》がぎゅっと詰《つ》まってます」

「……っ、え？」

「影先輩《えいせんぱい》はやさしいです。ただやさしいだけじゃなくて……バスケ部《ぶ》でも、喧嘩《けんか》になりそうになったとき、影先輩《えいせんぱい》がいつもとめてますよね。あれはきっと、だれも傷《きず》つかないように、ストッパーになってるのかなって思《おも》ってました」

壱《いち》さんと宮《みや》さんの喧嘩《けんか》をとめるのは影先輩《えいせんぱい》だし、暴走《ぼうそう》しそうになったみなさんを宥《なだ》めているのも影先輩《えいせんぱい》。

「影先輩《えいせんぱい》の言葉《ことば》選《えら》びって、いつもやわらかいなって思《おも》っていたんですけど……言葉《ことば》でたくさん傷《きず》ついてきた影先輩《えいせんぱい》だからこそ、だれも傷《きず》つけないように選《えら》んでいたんだって今《いま》わかりました」

龍《りゅう》さんが背中《せなか》でひっぱっていくタイプだとしたら、影先輩《えいせんぱい》はやさしさで包《つつ》みこむようにみんなを導《みちび》いている。

「理由《りゆう》を知《し》って、なおさら影先輩《えいせんぱい》はやさしいと思《おも》いました。それに、努力家《どりょくか》で、仲間想《なかまおも》いで……そんな影先輩《えいせんぱい》がからっぽなわけありません」

バスケ部《ぶ》にとって、影先輩《えいせんぱい》の存在《そんざい》は必要不可欠《ひつようふかけつ》だ。

「みんな影先輩《えいせんぱい》が大好《だいす》きです。もちろん、私《わたし》もです」

それだけは、わかっていてほしいな……。

「あ……」

影先輩《えいせんぱい》が、なにかを噛《か》みしめるように、きゅっと下《した》くちびるを噛《か》んだ。

「あり、がとう……えへへ、元気《げんき》でた……」

てれくさそうにほほえむ影先輩《えいせんぱい》を見《み》て、ほっとした。

「こ、こんな話《はなし》、聞《き》いてくれてありがとう」

「いえ……私《わたし》のほうこそ、話《はな》してくれてありがとうございます」

すごく勇気《ゆうき》が必要《ひつよう》なことだったと思《おも》う。

影先輩《えいせんぱい》のことを知《し》ることができて……よかった。

「僕《ぼく》……モデル活動《かつどう》は本当《ほんとう》に苦手《にがて》だったんだけど、バスケは好《す》きなんだ……バスケ部《ぶ》にはいって、本当《ほんとう》によかったたって思《おも》ってる」

影先輩《えいせんぱい》がバスケが好《す》きなことも、バスケ部《ぶ》のみなさんが好《す》きなことも、十分伝《じゅうぶんつた》わっていた。

「だから……明日《あした》も勝《か》ちたい……！　でも、明日起《あしたお》きられるかな……絶対《ぜったい》に起《お》きなきゃいけない日《ひ》ほど起《お》きられないんだよね……」

「大丈夫《だいじょうぶ》です！　絶対《ぜったい》に起《お》こします！」

ガッツポーズをすると、影先輩《えいせんぱい》はまたほほえんでくれた。

すてきな人《ひと》【side《サイド》影《えい》】

【side《サイド》 影《えい》】

バスケ部《ぶ》のメンバーにだって話《はな》したことがないのに……心配《しんぱい》してくれている涼風《すずかぜ》さんを見《み》て、いつの間《ま》にか自分《じぶん》の過去《かこ》を話《はな》していた。

こんなことを話《はな》したのははじめてだったから、反応《はんのう》がこわかったし、呆《あき》れられるかも知《し》れないって思《おも》った。

もしくはモデルをやっていたとか、自慢話《じまんばなし》って思《おも》われたらどうしようとか……僕《ぼく》の頭《あたま》の中《なか》には、無数《むすう》の不安《ふあん》があったのに……。

「勇気《ゆうき》をだして、一歩踏《いっぽふ》みだしたからこそ……影先輩《えいせんぱい》はここにいるんです。だから、これは逃《に》げじゃないです」

涼風《すずかぜ》さんの笑顔《えがお》が、そんな不安《ふあん》を一瞬《いっしゅん》で吹《ふ》きとばしてくれた。

「それに……影先輩《えいせんぱい》は中身《なかみ》がぎゅっと詰《つ》まってます」

「……っ、え？」

「影先輩《えいせんぱい》はやさしいです。ただやさしいだけじゃなくて……バスケ部《ぶ》でも、喧嘩《けんか》になりそうになったとき、影先輩《えいせんぱい》がいつもとめてますよね。あれはきっと、だれも傷《きず》つかないように、ストッパーになってるのかなって思《おも》ってました」

涼風《すずかぜ》さん……そんなふうに、思《おも》ってくれてたの……？

「影先輩《えいせんぱい》の言葉選《ことばえら》びって、いつもやわらかいなって思《おも》っていたんですけど……言葉《ことば》でたくさん傷《きず》ついてきた影先輩《えいせんぱい》だからこそ、だれも傷《きず》つけないように選《えら》んでいたんだって今《いま》わかりました」

僕《ぼく》は人《ひと》が傷《きず》つくのを見《み》るのがすごく苦手《にがて》で、だから喧嘩《けんか》も苦手《にがて》。

だれかのためとかじゃなくて、単純《たんじゅん》に見《み》ている自分《じぶん》まで苦《くる》しくなるからっていう、ただの偽善《ぎぜん》だけど……それを人《ひと》に肯定《こうてい》してもらえたのは、はじめてだった。

「理由《りゆう》を知《し》って、なおさら影先輩《えいせんぱい》はやさしいと思《おも》いました。それに、努力家《どりょくか》で、仲間想《なかまおも》いで……そんな影先輩《えいせんぱい》がからっぽなわけありません」

ダメだ……泣《な》いて、しまう。

そう思《おも》って、一度言葉《いちどことば》を飲《の》みこむ。

なんとか涙《なみだ》を堪《こら》えてから、ほほえんだ。

「あり、がとう……えへへ、元気《げんき》でた……」

だれかに肯定《こうてい》してもらえるって……こんなに、うれしいんだ……。

こんなにもやさしくて、がんばり屋《や》さんで、すてきな涼風《すずかぜ》さんにそんなふうに言《い》ってもらえたら……自分《じぶん》が少《すこ》し、いい人間《にんげん》になれたような気持《きも》ちになる。

話《はな》してみて、よかった……。

「こ、こんな話《はなし》、聞《き》いてくれてありがとう」

「いえ……私《わたし》のほうこそ、話《はな》してくれてありがとうございます」

涼風《すずかぜ》さんは僕《ぼく》をやさしいって言《い》ってくれるけど、やさしいのは涼風《すずかぜ》さんのほうだ。

本当《ほんとう》に、すてきな人《ひと》……。

あの龍《りゅう》くんが好《す》きになるのも、本当《ほんとう》に納得《なっとく》できる。

もし龍《りゅう》くんの好《す》きな相手《あいて》じゃなかったら、きっと僕《ぼく》だって……。

……っ、今《いま》、なにを考《かんが》えたんだろう。

い、いけない……涼風《すずかぜ》さんは、龍《りゅう》くんの好《す》きな人《ひと》なんだから……。

絶対《ぜったい》に、好《す》きになったらいけない。

友《とも》だちの好《す》きな人《ひと》を好《す》きになるなんて、裏切《うらぎ》りだ。

それに……涼風《すずかぜ》さんのことはもちろん、す、好《す》きだけど、この好《す》きはきっと仲間《なかま》に感《かん》じる〝好《す》き〟だと思《おも》う。

うん……大丈夫《だいじょうぶ》。僕《ぼく》は涼風《すずかぜ》さんに……れ、恋愛感情《れんあいかんじょう》は、持《も》っていないっ……。

そう、必死《ひっし》に自分《じぶん》に言《い》い聞《き》かせた。

大《だい》丈《じょう》夫《ぶ》

練習試合当日《れんしゅうじあいとうじつ》の朝《あさ》、私《わたし》は集合時間《しゅうごうじかん》の50分前《ぷんまえ》に影先輩《えいせんぱい》の家《いえ》に来《き》た。

——ピンポーン。

何度《なんど》かインターホンをおしてみるけど、反応《はんのう》がない。

念《ねん》のために、と、影先輩《えいせんぱい》が渡《わた》してくれた合鍵《あいかぎ》を使《つか》って、家《いえ》にはいらせてもらった。

明日《あした》から朝練《あされん》もなくなるだろうし、影先輩《えいせんぱい》が朝《あさ》ゆっくり過《す》ごせるといいな……。

影先輩《えいせんぱい》の部屋《へや》を覗《のぞ》くと、そこにはベッドで眠《ねむ》っている先輩《せんぱい》がいた。

うなされてる……？

そっと近《ちか》づいて、影先輩《えいせんぱい》の肩《かた》にふれる。

「影先輩《えいせんぱい》、おはようございます」

「……」

「大丈夫《だいじょうぶ》ですか……？　って、わっ……！」

急《きゅう》に影先輩《えいせんぱい》の手《て》が伸《の》びてきて、腕《うで》をつかまれた。

そのままひきよせられて、ぎゅっとだきしめられる。

「え、影先輩《えいせんぱい》、あのっ……」

「いかないで……」

……え？

とっさにはなそうとしたけど、苦《くる》しそうな声《こえ》がして動《うご》きをとめる。

「僕《ぼく》を、見《み》て……」

すがるように、私《わたし》の肩《かた》に頭《あたま》をおしつけている影先輩《えいせんぱい》。

私《わたし》は、この前影先輩《まええいせんぱい》が言《い》っていたことを思《おも》いだした。

『あ……家族《かぞく》は仕事《しごと》で、朝《あさ》は家《いえ》にいなくて……』

『……そうだったんですね、ごめんなさい』

『き、気《き》にしないで！　もうなれてるんだ……！』

もしかして……家族《かぞく》の夢《ゆめ》を、見《み》てるのかな……？

あんなふうに言《い》っていたけど……家族《かぞく》が恋《こい》しいのは、当《あ》たり前《まえ》だ。

私《わたし》も家《いえ》にひとりでいることが多《おお》いけど、できるなら家族《かぞく》に会《あ》いたい。

一緒《いっしょ》にいてほしいって……思《おも》ってるから……。

とっさにはなれようとしたけど、いきなり突《つ》きとばしたりなんてしたら、寝覚《ねざ》めが最悪《さいあく》になってしまう。

私《わたし》はそっと、影先輩《えいせんぱい》の頭《あたま》をなでた。

「大丈夫《だいじょうぶ》ですよ」

眠《ねむ》っているから聞《き》こえていないだろうけど……。

「ここにいます」

「……」

影先輩《えいせんぱい》の腕《うで》の力《ちから》が、少《すこ》しだけ緩《ゆる》んだ気《き》がした。

「……え？　す、涼風《すずかぜ》さんっ……!?」

あれ……？

目《め》が覚《さ》めたのか、いきおいよく私《わたし》からはなれた影先輩《えいせんぱい》。

「おはようございます」

「お、おはよう……じゃなくて、どうしてこんな状況《じょうきょう》に……ぼ、僕《ぼく》、なにかした!?　ほ、本当《ほんとう》にごめんなさい……！」

ど、土下座《どげざ》っ……！

「あ、頭《あたま》をあげてください……！　大丈夫《だいじょうぶ》ですから！」

それより影先輩《えいせんぱい》、いつも以上《いじょう》に顔色《かおいろ》が悪《わる》いけど……寝不足《ねぶそく》かな……？

「昨日《きのう》はよく眠《ねむ》れましたか？」

「あ……実《じつ》は、あんまり眠《ねむ》れなくて……夢《ゆめ》に母《かあ》さんがでてきて、何度《なんど》も目《め》が覚《さ》めちゃって……」

やっぱり、悪《わる》い夢《ゆめ》を見《み》てたのかな……。

よく見《み》ると、影先輩《えいせんぱい》の目《め》の下《した》には隈《くま》ができている。

体調《たいちょう》も悪《わる》そうだし……この状態《じょうたい》で試合《しあい》に行《い》っても、辛《つら》くなる気《き》がする……。

時計《とけい》を確認《かくにん》して、影先輩《えいせんぱい》にほほえんだ。

「まだ時間《じかん》に余裕《よゆう》があるので、20分《ぷん》くらい仮眠《かみん》しましょう」

「え？　でも……」

「少《すこ》しでも睡眠《すいみん》はとったほうがいいです。時間《じかん》になったら起《お》こすので、安心《あんしん》してください」

「ありがとう……」

そっと横《よこ》になって、再《ふたた》び目《め》を瞑《つぶ》った影先輩《えいせんぱい》。

手《て》が、少《すこ》しふるえてる……。

何度《なんど》も目《め》が覚《さ》めたって言《い》ってたし……眠《ねむ》れないのかもしれない……。

お母《かあ》さんと影先輩《えいせんぱい》がどういう関係《かんけい》なのかはわからないけど……影先輩《えいせんぱい》の不安《ふあん》を、少《すこ》しでもとりのぞきたい。

『いかないで……』

さっきの影先輩《えいせんぱい》……本当《ほんとう》に苦《くる》しそうだったから……。

私《わたし》はゆっくりと、影先輩《えいせんぱい》の手《て》を握《にぎ》った。

「えっ……」

おどろいた様子《ようす》で、こっちを見《み》ている影先輩《えいせんぱい》。

「ここにいるので、安心《あんしん》して眠《ねむ》ってください」

私《わたし》じゃ安心《あんしん》できないかもしれないけど……影先輩《えいせんぱい》に、少《すこ》しでもいいコンディションで試合《しあい》に挑《いど》んでほしい。

「眠《ねむ》れそうですか……？」

「……うん、安心《あんしん》する、かも……」

緊張《きんちょう》が緩《ゆる》んだように、穏《おだ》やかな表情《ひょうじょう》になった影先輩《えいせんぱい》。

すぐに規則正《きそくただ》しい寝息《ねいき》が聞《き》こえてきて、私《わたし》もほっと安心《あんしん》した。

よかった……。

影先輩《えいせんぱい》が、今日《きょう》の試合《しあい》がんばれますように……。

心《こころ》の中《なか》でそう祈《いの》って、握《にぎ》る手《て》にそっと力《ちから》をこめた。

「影先輩《えいせんぱい》」

時間《じかん》になって、そっと名前《なまえ》を呼《よ》ぶ。

気持《きも》ちよさそうに眠《ねむ》ってるから、起《お》こすのは心苦《こころぐる》しいなっ……。

申《もう》し訳《わけ》なくなったけど、影先輩《えいせんぱい》はすぐに目覚《めざ》めてくれた。

「……あ……」

「おはようございます。気分《きぶん》はマシになりましたか？」

「うん、すごく」

顔色《かおいろ》もよくなっている気《き》がして、私《わたし》もほっとする。

「それじゃあ、一緒《いっしょ》に行《い》きましょう！」

「うん！」

支度《したく》をして、ふたりで影先輩《えいせんぱい》の家《いえ》をでた。

鬼《おに》監《かん》督《とく》

学校《がっこう》で龍《りゅう》さんたちと合流《ごうりゅう》して、みんなで瀬戸中《せとちゅう》にむかった。

今日《きょう》は鬼城監督《きじょうかんとく》、いないかな……。

いたらあいさつがしたかったけど、グラウンドにサッカー部《ぶ》の姿《すがた》が見《み》えないし、サッカー部《ぶ》も練習試合《れんしゅうじあい》かもしれない。

また改《あらた》めて、鬼城監督《きじょうかんとく》にはお礼《れい》をさせてもらわなきゃっ……。

正門《せいもん》を潜《くぐ》って中《なか》にはいって、体育館《たいいくかん》にむかう。

「瀬戸中《せとちゅう》はじめて来《き》た……」

「俺《おれ》も。くそ……むだにきれいな校舎《こうしゃ》だな……」

「設備《せつび》いいね～、羨《うらや》まし～」

校舎《こうしゃ》を見《み》ながら、みなさん感想《かんそう》を口《くち》にしている。

ちょうど校舎《こうしゃ》からジャージを着《き》た男子生徒《だんしせいと》たちがでてきて、彼《かれ》らがこっちを見《み》て顔《かお》をしかめた。

「げっ……マジで来《き》た」

え……？

「……うわ、瀬戸中《せとちゅう》のやつら、相変《あいか》わらずモブみたいな見《み》た目《め》してんな」

壱《いち》さんが言《い》ったのを見《み》て、すぐに彼《かれ》らがクラブチームの先輩《せんぱい》なんだと気《き》づいた。

「てめぇ……相変《あいか》わらず生意気《なまいき》だな……」

「よお、おまえらが俺《おれ》たちから逃《に》げつづけるから来《き》てやったぞ」

「言《い》っとくけど、白世《しろせ》や黒世《くろせ》なんか眼中《がんちゅう》にねーからな。おまえは敵《てき》にもなんねーよ」

ってことは……やっぱり、断《ことわ》ってたのは龍《りゅう》さんが原因《げんいん》なのかな……？

「俺《おれ》らだっておまえらなんか敵《てき》じゃねーよ。けど、ひま潰《つぶ》しにこてんぱんにしてやろうと思《おも》って」

壱《いち》さん……息《いき》をするように挑発《ちょうはつ》の言葉《ことば》がでてくる……あはは……。

「先輩《せんぱい》、コイツらが例《れい》の高宮学園《たかみやがくえん》のやつらっすか？」

「なんかむだにきらきらしてねーっすか、こいつら……」

うしろにいるほかの部員《ぶいん》さんたちも、こそこそ話《はな》しながらこっちを見《み》ている。

その中《なか》のひとりが、突然《とつぜん》「あ！」と声《こえ》をあげて、私《わたし》を指差《ゆびさ》した。

「君《きみ》、この前逃《まえに》げた子《こ》じゃん！」

え……？

「二週間前《しゅうかんまえ》くらいに来《き》てたよね？　俺《おれ》たちが声《こえ》かけたら逃《に》げてったけど……」

前回瀬戸中《ぜんかいせとちゅう》に来《き》たときの記憶《きおく》が、フラッシュバックする。

『ねえ、君《きみ》この中学《ちゅうがく》の子《こ》じゃないよね？』

『……ていうか、高宮学園《たかみやがくえん》の制服《せいふく》じゃない？』

『連絡先交換《れんらくさきこうかん》してよ』

あ、あの、突然声《とつぜんこえ》をかけてきた、あやしい勧誘《かんゆう》の人《ひと》たちっ……！

こわくなって一歩後《いっぽあと》ずさったとき、龍《りゅう》さんがかばうように私《わたし》の前《まえ》に立《た》ってくれた。

「おい、この前逃《まえに》げたってどういうことだよ」

壱《いち》さんも、威嚇《いかく》するように瀬戸中《せとちゅう》の人《ひと》をにらんでいた。

「べつに。かわいかったから声《こえ》かけただけだけど」

「は？　ナンパかよ」
ナ、ナンパ……？
あれは、勧誘《かんゆう》じゃなかったんだ……。

「うちのマネージャーにちょっかいかけないでくれる～？」

「俺《おれ》たちの勝手《かって》だろ。うわ、近《ちか》くで見《み》たらますます美人《びじん》」

近《ちか》づこうとしてきた人《ひと》の肩《かた》をつかんで、龍《りゅう》さんがとめてくれた。

「……おい、やめろ」

目《め》の前《まえ》の背中《せなか》がたのもしくて、ドキッとしてしまう。

「……っ」

「相変《あいか》わらず、龍《りゅう》さんにはびびってんのな、おまえら」

「クラブチームのときも、龍《りゅう》さんには言《い》いかえせなかったもんな～」

いつも口喧嘩《くちげんか》している宮《みや》さんと壱《いち》さんが、今日《きょう》は一致団結《いっちだんけつ》して瀬戸中《せとちゅう》を挑発《ちょうはつ》していた。

「だまれ、夜光《やこう》の金魚《きんぎょ》のフン」

す、すごいバチバチにらみあってる……私《わたし》が想像《そうぞう》していた以上《いじょう》に、仲《なか》が悪《わる》いみたいだっ……。

「つーか……どうやって練習試合《れんしゅうじあい》組《く》んだんだよ。監督《かんとく》も急《きゅう》に断《ことわ》れなかったとか言《い》いだすし……」

「こいつがサッカー部《ぶ》の監督経由《かんとくけいゆ》でとりつけてくれたんだよ」

親指《おやゆび》で私《わたし》を指《さ》した壱《いち》さん。瀬戸中《せとちゅう》の人《ひと》たちが、ぎょっと目《め》を丸《まる》くした。

「サッカー部《ぶ》の監督《かんとく》……？　あの鬼監督《おにかんとく》が？」

鬼監督《おにかんとく》……？

「おお、涼風《すずかぜ》くん……！」

あれ……この声《こえ》は……。

ふりかえると、笑顔《えがお》の鬼城監督《きじょうかんとく》の姿《すがた》が。

「鬼城監督《きじょうかんとく》、おはようございます……！」

「ああ、おはよう。今日《きょう》は練習試合《れんしゅうじあい》の日《ひ》だったと思《おも》ってね」

「今回《こんかい》は本当《ほんとう》にありがとうございます……！　今日《きょう》は練習試合《れんしゅうじあい》、よろしくお願《ねが》いします……！」

「このくらいお安《やす》い御用《ごよう》だよ。これからも練習試合《れんしゅうじあい》がしたければ、私《わたし》からバスケ部《ぶ》の顧問《こもん》にかけあうからいつでも言《い》ってくれ！　他校《たこう》でも構《かま》わないよ、バスケ部《ぶ》の顧問《こもん》にも知《し》り合《あ》いは多《おお》いからね、はっはっはっ」

鬼城監督《きじょうかんとく》、本当《ほんとう》にいい人《ひと》だっ……。

もう一度《いちど》お礼《れい》を言《い》って頭《あたま》をさげると、「それじゃあまたね」と言《い》って監督《かんとく》は去《さ》っていった。

「マジかよ……」

なにやら、絶句《ぜっく》している瀬戸中《せとちゅう》の人《ひと》たち。

「君《きみ》、どうやってあの監督《かんとく》に気《き》にいられたの？」

「校内《こうない》でも有名《ゆうめい》な鬼監督《おにかんとく》だよ、あの人《ひと》」

え……そ、そうなんだっ……。

「マジでこわいから……つーか、あの人《ひと》って笑《わら》うんだな」

「俺《おれ》もはじめて見《み》た……あんな喋《しゃべ》るんだ……」

「あのマネージャー、なにもの……？」

瀬戸中《せとちゅう》バスケ部《ぶ》の人《ひと》たちがざわついていて、壱《いち》さんも宇宙人《うちゅうじん》を見《み》るような目《め》で私《わたし》を見《み》ていた。

「おまえ、どうやってあの監督味方《かんとくみかた》につけたんだよ」

「味方《みかた》につけたって……サ、サッカー部《ぶ》のときに練習試合《れんしゅうじあい》をお願《ねが》いしただけで……」

「どうやってたのんだんだ？」

「二ヶ月間毎日《かげつかんまいにち》お願《ねが》いしに行《い》きました」

虎《とら》くんが、どうしても瀬戸中《せとちゅう》と試合《しあい》がしたいって言《い》ってたから……なにかできないかなと思《おも》って……。

「「に、二ヶ月間《かげつかん》？」」

「「ま、毎日《まいにち》!?」」

瀬戸中《せとちゅう》の人《ひと》たちと、壱《いち》さんと京先輩《けいせんぱい》が声《こえ》を合《あ》わせた。

そんなにおどろかれると思《おも》わなくて、思《おも》わず一歩後《いっぽあと》ずさる。

「最初《さいしょ》のころは話《はなし》も聞《き》いてもらえなかったんですけど……だんだん話《はな》してもらえるようになって……」

最後《さいご》は、鬼城監督《きじょうかんとく》に30年間《ねんかん》サッカー部《ぶ》の顧問《こもん》をしているけど、今《いま》までいちばんしつこかったと言《い》われてしまった。

怒《おこ》られると思《おも》ったけど、その日《ひ》に練習試合《れんしゅうじあい》の申《もう》し込《こ》みをうけいれてもらえたんだ。

「ふっ」

龍《りゅう》さん……？

「陽《よう》らしい」

堪《こら》えきれないみたいに笑《わら》って、私《わたし》の頭《あたま》をなでた龍《りゅう》さん。

「なあ、夜光《やこう》が笑《わら》ってるぞ……」

「あいつが笑《わら》ってんのもはじめてみた……つーか、あいつ女子《じょし》ぎらいじゃなかったっけ……？」

「頭《あたま》なでてるし……彼女《かのじょ》？」

「あの子《こ》、マジでなにものなの……？」

瀬戸中《せとちゅう》の人《ひと》たちの視線《しせん》が、痛《いた》い……。

「や、やっぱりすごいね涼風《すずかぜ》さんは」

影先輩《えいせんぱい》が褒《ほ》めてくれたけど、反応《はんのう》に困《こま》ってしまった。

「意外《いがい》と根性《こんじょう》あるよな、おまえ」

「ほんと、変《へん》なやつ……」

「ふふっ、陽《よう》ちゃんががんばってくれたんだし、今日《きょう》は絶対勝《ぜったいか》とう！」

鬼城監督《きじょうかんとく》ががんばってくれただけで、私《わたし》はなにもしてない気《き》がするけど……この二週間《しゅうかん》、バスケ部《ぶ》のみなさんが一生懸命《いっしょうけんめい》がんばっていたことは知《し》っている。

みなさんのがんばりが……報《むく》われますように……！

試《し》合《あい》開《かい》始《し》！

「そろそろ試合《しあい》はじめまーす！」

瀬戸中《せとちゅう》のマネージャーさんの言葉《ことば》に、緊張感《きんちょうかん》が高《たか》まる。

ついに、試合《しあい》……ドキドキしてきた……。

「陽《よう》、行《い》ってくる」

「はい……！　みなさんがんばってください！」

ビブスをつけたみなさんの背中《せなか》が、いつも以上《いじょう》に大《おお》きく見《み》えた。

そういえば……私《わたし》がマネージャーになって、はじめての試合《しあい》だ……。

みなさんの努力《どりょく》の日々《ひび》が……報《むく》われますように……！

瀬戸中《せとちゅう》の人《ひと》たちも一列《れつ》に並《なら》んで、それぞれの学校《がっこう》のジャンパーが前《まえ》にでる。

高宮学園《たかみやがくえん》のジャンパーは、壱《いち》さんだ。

「「「おおおお！」」」

瀬戸中《せとちゅう》の陣営《じんえい》から大《おお》きな声《こえ》があがった。

「瀬戸中《せとちゅう》ファイトー！」

「がんばれー！」

「きゃー！　バスケ部《ぶ》かっこいいー!!」

す、すごい歓声《かんせい》っ……。

マネージャーの人数《にんずう》も多《おお》いな……。

応援団《おうえんだん》みたいな女《おんな》の子《こ》たちもいるし……部員数《ぶいんすう》も多《おお》いから、瀬戸中《せとちゅう》バスケ部《ぶ》に大声援《だいせいえん》がなげられている。

――ピー!!

完全《かんぜん》にアウェーな空気感《くうきかん》の中《なか》、試合開始《しあいかいし》のホイッスルが鳴《な》った。

はじまった……！　ボールをとったのは……。

「よくやった、壱《いち》」

龍《りゅう》さん……！

「いけー!!」

「瀬戸中《せとちゅう》ファイトー！」

本当《ほんとう》にすごい声援《せいえん》……。

私《わたし》が龍《りゅう》さんたちだったら……気持《きも》ちで負《ま》けてしまう……。

せめて……私《わたし》は全力《ぜんりょく》で、みなさんのことを応援《おうえん》しよう……！

「が、がんばってください……！」

一生懸命《いっしょうけんめい》叫《さけ》んだけど、相手《あいて》の声援《せいえん》に飲《の》みこまれた。

きっと聞《き》こえなかっただろうな……。

そう思《おも》ったとき、龍《りゅう》さんが先制点《せんせいてん》になるシュートを決《き》めた。

あっ……。

こっちを見《み》て、ほほえんでくれた龍《りゅう》さん。

もしかしたら……龍《りゅう》さんには、ちゃんととどいたかな……。

「龍《りゅう》さんナイッシュー!!」

「さすがです！」

「うちのキャプテンはうまいね～」

「龍《りゅう》くん、すごい……！」

相手《あいて》の声援《せいえん》に飲《の》まれるどころか、みなさん生《い》き生《い》きしているように見《み》えた。

すごく楽《たの》しそうっ……。

「ちっ……おい、夜光《やこう》を徹底的《てっていてき》にマークしろ」

「ぜってーボールにさわらすな！」

早速《さっそく》マークされているけど、龍《りゅう》さんはマークをかわすのも上手《じょうず》だからいつもどおりのプレーをしている。

県大会準優勝《けんたいかいじゅんゆうしょう》の強豪《きょうごう》だから、相手《あいて》の人《ひと》たちも相当《そうとう》な実力者《じつりょくしゃ》なはずだ。

でも、この調子《ちょうし》なら……！

第《だい》2Q《クォーター》が終《お》わって、ハーフタイムにはいった。

今《いま》の得点数《とくてんすう》は36対《たい》30で、龍《りゅう》さんたちが勝《か》っている。

ベンチにもどってきたみなさんを、拍手《はくしゅ》でむかえる。

「おつかれさまです！　みなさんすごかったです……‼」

みなさんのプレーにテンションがあがってしまって、思《おも》わず笑《え》みがあふれてしまう。

「陽《よう》ちゃん、相手《あいて》チームがメロメロになっちゃうから、その顔《かお》はダメだよ〜。俺《おれ》もメロメロになっちゃいそう」

え……？

「……喜《よろこ》ぶのは勝《か》ってからにすれば」

「……か、かわいいとか思《おも》ってねーから‼」

宮《みや》さんと壱《いち》さんまで困《こま》ったように顔《かお》をしかめていて、不安《ふあん》になった。

もしかしたら……すっごい変《へん》な顔《かお》で笑《わら》ってしまったのかもしれないっ……。

きょ、極力《きょくりょく》真顔《まがお》をキープしようっ……。

私《わたし》がだらしない顔《かお》をしていたら、瀬戸中《せとちゅう》の人《ひと》に舐《な》められるかもしれないってことだと思《おも》う。

マネージャーとして、立《た》ちふるまいにも気《き》をつけないと……。

気《き》をひきしめて、表情筋《ひょうじょうきん》に力《ちから》をいれた。

「……」

あれ……？

無言《むごん》で瀬戸中《せとちゅう》の陣営《じんえい》を見《み》ている龍《りゅう》さんに気《き》づいて、そっと顔《かお》を覗《のぞ》きこむ。

「龍《りゅう》さん？」

「あ……どうしたの？」

「えっと、むずかしい顔《かお》してましたけど、大丈夫《だいじょうぶ》ですか？　もしかして……怪我《けが》とかしてないですか？」

心配《しんぱい》になってじっと見《み》つめると、龍《りゅう》さんの表情《ひょうじょう》がやわらかくなった。

「ううん、平気《へいき》」

それなら、いいけど……龍《りゅう》さんはむりしそうなところがあるから、注意深《ちゅういぶか》く見《み》させてもらわないと。

「陽《よう》に心配《しんぱい》してもらえて、元気《げんき》でた」

えっ……。

うれしそうにほほえむ龍《りゅう》さんに、返事《へんじ》に困《こま》ってしまった。

そんなことで元気《げんき》がでるなんて……龍《りゅう》さんって、ちょっとかわってる……？

な、なにはともあれ、龍《りゅう》さんが元気《げんき》ならいいのかなっ……。

壊《こわ》れたメガネ

ハーフタイムが終《お》わって、試合《しあい》が再開《さいかい》した。

あれ……なんだか、様子《ようす》がおかしい……。

瀬戸中《せとちゅう》の人《ひと》たちが、にやにやしてるような……。いやな予感《よかん》が、する……。

心配《しんぱい》になって、じっと瀬戸中《せとちゅう》の人《ひと》たちの行動《こうどう》を観察《かんさつ》する。

さっきまでふたりがかりで龍《りゅう》さんを徹底的《てっていてき》にマークしていたのに、なぜか龍《りゅう》さんへのマークがひとりになり、壱《いち》さんにふたりマークがついた。

「あ？ おい、邪魔《じゃま》だ……！」

壱《いち》さんが、鬱陶《うっとう》しそうに文句《もんく》を言《い》った。

もしかしたら……ファウルを誘《さそ》う、動《うご》きなのかも……。

壱《いち》さんがイライラするように執拗《しつよう》に至近距離《しきんきょり》でマークして、邪魔《じゃま》をして……あきらかに、悪質《あくしつ》な行為《こうい》。

「おまえ、足《あし》ひっかけようとすんな……！」

――ピー！

「**高宮学園《たかみやがくえん》、パーソナルファウルです**」

壱《いち》さんが避《よ》けようとして、相手《あいて》の肩《かた》に少《すこ》しだけあたってしまった。

「**はあ!?　あきらかにそっちだろ！**」

たしかに、今《いま》のは誘導《ゆうどう》に見《み》えたし、ファウルになるなら邪魔《じゃま》をした瀬戸中《せとちゅう》のほうだ。

審判《しんぱん》が瀬戸中《せとちゅう》の人《ひと》だから……むこうに有利《ゆうり》になるように、判断《はんだん》してるのかも……。

どうしよう……なんだかすごく、よくない空気《くうき》だ……。


その後《あと》も、何度《なんど》か壱《いち》さんにファウルの審判《しんぱん》がおりた。

「ちっ……相変《あいか》わらず卑怯《ひきょう》なことしかできねーのかおまえら！」

さすがに怒《いか》りをおさえられなかったのか、声《こえ》をあげた壱《いち》さん。

――ピー！

「選手《せんしゅ》への暴言《ぼうげん》は禁止《きんし》です。テクニカルファウルです」

そんな……ひどいっ……。

「暴言《ぼうげん》じゃなくて事実《じじつ》だろ！」

「ファウル5回目《かいめ》です。退場《たいじょう》してください」

「は？」

「審判《しんぱん》の公正《こうせい》な判断《はんだん》に文句《もんく》を言《い》ったので、ファウルです」

こんなの、全然公正《ぜんぜんこうせい》じゃない……。

「てめーら……」

堪忍袋《かんにんぶくろ》の緒《お》が切《き》れたように、壱《いち》さんが審判《しんぱん》のほうに歩《あゆ》みよっていく。

今《いま》にもつかみかかりそうな空気《くうき》に、冷《ひ》や汗《あせ》があふれた。

「いちさ……」

「壱《いち》！」

龍《りゅう》さんに低《ひく》い声《こえ》で名前《なまえ》を呼《よ》ばれて、壱《いち》さんがぴたりと足《あし》をとめた。

「……ベンチで待《ま》ってろ」

「……っ」

ショックをうけたように、壱《いち》さんの表情《ひょうじょう》がゆがんだ。

きっと、まともに話《はな》したところで、この人《ひと》たちには通用《つうよう》しない。

「い、壱《いち》さん……！　行《い》きましょう……！」

とにかく、一旦壱《いったんいち》さんをベンチに……。

そう思《おも》って、壱《いち》さんの背中《せなか》をおした。

「……」

大変《たいへん》なことになった……まさか、退場《たいじょう》になるなんて……。

普通《ふつう》、退場《たいじょう》になった場合《ばあい》、控《ひか》えの選手《せんしゅ》と交代《こうたい》になる。だけど……今《いま》こっちには、控《ひか》えの選手《せんしゅ》がいない。

この場合《ばあい》……4人《にん》で続行《ぞっこう》になる。

4対《たい》5……圧倒的《あっとうてき》に不利《ふり》……というより、普通《ふつう》ならほぼ勝《か》ち目《め》はなくなる。

瀬戸中《せとちゅう》の人《ひと》たちは、これが狙《ねら》いだったんだろうな……。

挑発《ちょうはつ》してひとりを退場《たいじょう》に追《お》いこんで、4対《たい》5の勝負《しょうぶ》に持《も》ちこむ。

瀬戸中《せとちゅう》の人《ひと》たちも、龍《りゅう》さんたちには絶対《ぜったい》に負《ま》けたくないんだろう。

だからって……手段《しゅだん》があまりにも卑怯《ひきょう》だ……。

「最悪《さいあく》だ……なにやってんだ、俺《おれ》……」

ベンチにすわった壱《いち》さんが、うつむいたままそう言《い》った。

「あんなやっすい挑発《ちょうはつ》に乗《の》って……せっかくリードしてたのに……」

壱《いち》さん……。

「今回《こんかい》の因縁《いんねん》に関係《かんけい》ない影《えい》さんも、あんながんばって練習《れんしゅう》してくれたのに……ぜんぶ、台無《だいな》しにした……」

ちがう……。

「壱《いち》さんは悪《わる》くありません！」

壱《いち》さんが自分《じぶん》を責《せ》めるなんて、絶対《ぜったい》にまちがってる。

「私《わたし》はちゃんと自分《じぶん》の正義感《せいぎかん》を持《も》っている壱《いち》さんを尊敬《そんけい》しています！」

「な、なんだよおまえ……きゅ、急《きゅう》にどうした……」

「ダメなことをダメって、胸《むね》を張《は》って言《い》える壱《いち》さんは……すごくかっこいいです！」

「……」

「あんな卑怯《ひきょう》な人《ひと》たちに、龍《りゅう》さんたちが負《ま》けるはずありません！」

だから……大丈夫《だいじょうぶ》。

「一緒《いっしょ》に応援《おうえん》しましょう」

きっと龍《りゅう》さんが、壱《いち》さんの無念《むねん》を晴《は》らしてくれる……！

壱《いち》さんが、へにゃっと口元《くちもと》をゆるめた。

「はは……そうだな」

はぁ……と盛大《せいだい》にため息《いき》をついて、パチン！　と自分《じぶん》のほおをたたいていた。

い、痛《いた》そうっ……。

「おまえってほんと、人《ひと》のことになると急《きゅう》にキレるよな……さんきゅ」

「え……？」

最後《さいご》……なんて言《い》ったんだろう？

「……なんでもない。ほら、声《こえ》だして応援《おうえん》すんぞ！」

ほんとだ……もう試合《しあい》が再開《さいかい》する……！

「はい！」

今私《いまわたし》たちにできるのは、全力《ぜんりょく》で応援《おうえん》すること……！

壱《いち》さんと必死《ひっし》で声援《せいえん》を送《おく》っているけど、あの後《あと》はどうしても不利《ふり》な状況《じょうきょう》になってしまったせいで逆転《ぎゃくてん》された。

「くそ……点差《てんさ》ひらいてきたな……」

10点差《てんさ》……。

「でも、粘《ねば》ってるほうですよね……」

「それはそうだけど……なんとしてでも、勝《か》ちてーんだ……」

壱《いち》さんは退場《たいじょう》になったことを悔《く》やんでいるのか、歯《は》を食《く》いしばっている。

龍《りゅう》さんたちを信《しん》じて試合《しあい》を見守《みまも》っていると、影先輩《えいせんぱい》にマークがふたりついた。

「ちっ……今度《こんど》は影《えい》さんかよ……」

またファウルを誘《さそ》おうとしているのか、過剰《かじょう》にマークしているふたり。

「まあ、影《えい》さんは俺《おれ》とちがって感情的《かんじょうてき》になることねーから、大丈夫《だいじょうぶ》だろ」

そ、それは返事《へんじ》に困《こま》ってしまう……。

感情的《かんじょうてき》になるのが悪《わる》いことだとは思《おも》わないけど……たしかに影先輩《えいせんぱい》は、なにがあっても挑発《ちょうはつ》には乗《の》らない気《き》がする。

予想《よそう》どおり、影先輩《えいせんぱい》はとまどってはいたけど少《すこ》しもいらだちは見《み》せなかった。

むしろ、まったくゆさぶられない影先輩《えいせんぱい》に、マークしているふたりのほうがいらだちを見《み》せはじめた。

あ……！　影先輩《えいせんぱい》……！

強硬手段《きょうこうしゅだん》にでたのか、ジャンプしようとした影先輩《えいせんぱい》に合《あ》わせて、わざとぶつからせるように前《まえ》に立《た》った瀬戸中《せとちゅう》の選手《せんしゅ》。

「……っ！」

ぶつかった影先輩《えいせんぱい》が、その場《ば》にたおれてしまった。

──カシャンッ！

こけた反動《はんどう》で、影先輩《えいせんぱい》のメガネが外《はず》れた。

「おい！　今《いま》のはファウルだろ！」

さすがに壱《いち》さんもだまっていられなかったのか、立《た》ちあがって抗議《こうぎ》している。

メガネ、壊《こわ》れちゃってる……。

その場《ば》にうずくまったまま、下《した》をむいている影先輩《えいせんぱい》。

「あー、わりい、でもあたってきたのはそっちだし？」

あきらかに、あの人《ひと》のほうからあたっていったのに……。

ひどい……それに、まずい状況《じょうきょう》だ……。

『メガネも……いつのまにか、手放《てばな》せなくなってた』

影先輩《えいせんぱい》は、人前《ひとまえ》でメガネが外《はず》せないはずだ。

どうしよう……影先輩《えいせんぱい》、動《うご》けなくなってる……。

「早《はや》く立《た》てよ、大袈裟《おおげさ》だな……ファウルアピールいらねーって」

「これもパーソナルファウルじゃないんっすかー？」

ひどい……。

立《た》ちあがれなくなっている影先輩《えいせんぱい》が、あのときの自分《じぶん》に重《かさ》なった。

『でていってくれ。今後《こんご》サッカー部《ぶ》には関《かか》わるな』

『涼風《すずかぜ》さん、謝罪《しゃざい》もしてくれないの……？』

『すみません、でした……』

サッカー部《ぶ》で責《せ》められて、悪《わる》いことはしていないはずなのに、ただただこわくて……逃《に》げることしかできなかった。

だれも味方《みかた》がいない気《き》がして、ひとりぼっちになって……。

もし今《いま》、影先輩《えいせんぱい》があのときの私《わたし》と、同《おな》じ恐怖《きょうふ》を味《あじ》わっているなら……。

「影先輩《えいせんぱい》!!」

影先輩《えいせんぱい》にとどくように、ありったけの声《こえ》で叫《さけ》んだ。

びくっと、影先輩《えいせんぱい》が反応《はんのう》したのが見《み》える。

影先輩《えいせんぱい》は……ひとりじゃないっ……。

「がんばれー!!」

お願《ねが》い……とどいて……!

憧《あこが》れと恋《こい》と【side《サイド》影《えい》】

【side《サイド》影《えい》】

「影先輩《えいせんぱい》!!」

涼風《すずかぜ》さんの声《こえ》が聞《き》こえて、ハッとした。

「がんばれー!!」

涼風《すずかぜ》さん……。

きっと僕《ぼく》と一緒《いっしょ》で、涼風《すずかぜ》さんは内向的《ないこうてき》な性格《せいかく》だと思《おも》う。大声《おおごえ》で応援《おうえん》するなんて恥《は》ずかしいはずなのに……僕《ぼく》のために必死《ひっし》に応援《おうえん》してくれていると思《おも》うと、胸《むね》がいっぱいになった。

「やっぱり、高宮学園《たかみやがくえん》のマネージャーかわいいよな」

「試合《しあい》に勝《か》ったら連絡先《れんらくさき》聞《き》こうぜ」

え……?

何《なに》を言《い》ってるんだ、瀬戸中《せとちゅう》の選手《せんしゅ》たち……。

彼女《かのじょ》は、僕《ぼく》が出会《であ》った女《おんな》の子《こ》の中《なか》で、いちばんすてきな子《こ》なんだ。

彼《かれ》らみたいな卑怯《ひきょう》な人《ひと》たちを、涼風《すずかぜ》さんに近《ちか》づけたくない。

こんなところで、こわがってる場合《ばあい》じゃないな……。

逃《に》げて、たまるか……。

いつだって、僕《ぼく》の心《こころ》ごと守《まも》ってくれた涼風《すずかぜ》さんを……今度《こんど》は僕《ぼく》が、守《まも》るんだ。

覚悟《かくご》を決《き》めて、立《た》ちあがった。顔《かお》をあげた瞬間《しゅんかん》、いつもよりクリアな視界《しかい》が広《ひろ》がる。

僕《ぼく》を見《み》て、おどろいた顔《かお》をした涼風《すずかぜ》さん。その表情《ひょうじょう》が、安心《あんしん》したように緩《ゆる》んだ。

その笑顔《えがお》を見《み》たら……、恐怖心《きょうふしん》なんて一瞬《いっしゅん》でどこかへ吹《ふ》き飛《と》んだ。


「「きゃぁ――!!」」

体育館《たいいくかん》にひびいたのは、瀬戸中《せとちゅう》の生徒《せいと》の声《こえ》。

「ねえあれ、モデルの〝カゲ〟じゃない？」

「どうしてこんなところにいるの……!?」

「急《きゅう》に引退《いんたい》したけど、バスケしてたんだ……！」

僕《ぼく》は気《き》にせずに、壊《こわ》れたメガネを端《はし》に移動《いどう》させた。

「試合《しあい》を中断《ちゅうだん》させてしまってすみません。もう大丈夫《だいじょうぶ》です」

TAKAMIYA
7

「え、えっと……試合《しあい》、再開《さいかい》します……」

審判《しんぱん》の声《こえ》を合図《あいず》に、試合《しあい》が再開《さいかい》した。

「きゃー！　カゲー！　がんばれー‼」

「お、おい、女子《じょし》！　相手応援《あいておうえん》してんじゃねーよ……！」

メガネがない分《ぶん》、動《うご》きやすい……。

相手《あいて》からボールを奪《うば》って、ゴールに体《からだ》をむけた。

視界《しかい》もはっきりしてる。これなら……。

思《おも》い切《き》って、ボールを投《な》げた。

はいれ……！

シュッという気持《きも》ちいい音《おと》を立《た》てて、きれいにネットをくぐったボール。

3点《てん》が追加《ついか》され、小《ちい》さくガッツポーズする。

……いける。絶対《ぜったい》に、勝《か》つんだ。

今《いま》までは、賞賛《しょうさん》も批判《ひはん》もどんな声《こえ》も等《ひと》しくこわかったのに……不思議《ふしぎ》だな。

なにも気《き》にならない。ただ、涼風《すずかぜ》さんの声《こえ》だけははっきり聞《き》こえた。

「がんばれー！」

もしかしたら僕《ぼく》は、大多数《だいたすう》の人《ひと》にきちんと評価《ひょうか》されたかったわけじゃなくて……たったひとりでいいから、僕自身《ぼくじしん》を見《み》てくれる人《ひと》をさがしていたのかもしれない。

見《み》つかった今《いま》、他人《たにん》の評価《ひょうか》や視線《しせん》なんて、どうでもいいと思《おも》えた。

大女優《だいじょゆう》の息子《むすこ》とか、カゲとか……関係《かんけい》ない。

『みんな影先輩《えいせんぱい》が大好《だいす》きです。もちろん、私《わたし》もです』

……涼風《すずかぜ》さんが、ああ言《い》ってくれたから。

龍《りゅう》くん、ごめん……。僕《ぼく》、やっぱり、涼風《すずかぜ》さんが好《す》きだ……。

龍《りゅう》くんへの裏切《うらぎ》りだってわかってるし、罪悪感《ざいあくかん》でいっぱいだ。

でも、もうこの想《おも》いを、おさえられない……。

今《いま》も……だれにもわたしたくないって、思《おも》ってしまってる……。

「影《えい》、ディフェンスされる前《まえ》にゴールを決《き》めろ。あいつらが卑怯《ひきょう》な手《て》を使《つか》うなら……使《つか》わせなければいいだけだ」

「うん！」

僕《ぼく》は身長《しんちょう》だけはあるから、むこうもブロックするにも限界《げんかい》があるだろう。

「絶対《ぜったい》に負《ま》けないよ、この試合《しあい》」

「涼風《すずかぜ》がどうとか抜《ぬ》かしやがって……汚《きたな》い目《め》で見《み》んなっつーの」

もしかしたら、みんなもさっきの瀬戸中《せとちゅう》の言葉《ことば》が聞《き》こえてたのかな？

腹《はら》を立《た》てているみんなを見《み》て、ふっと笑《わら》った。

みんなにとってももう昔《むかし》の因縁《いんねん》を晴《は》らすためじゃなくて、涼風《すずかぜ》さんを守《まも》ることのほうが優先順《ゆうせんじゅん》位《い》が高《たか》いんだ……。

涼風《すずかぜ》さんは僕《ぼく》たちバスケ部《ぶ》の、大事《だいじ》な仲間《なかま》だから。

「おい、あのイケメンとめろ！」

「あいつ、いちばん下手《へた》だと思《おも》ってたのに……シュートの成功率高《せいこうりつたか》すぎるだろ……」

「俺《おれ》たちのこと油断《ゆだん》させてたのか……っ」

瀬戸中《せとちゅう》は相変《あいか》わらずファウルにならないのが不思議《ふしぎ》なくらいのプレーをしてくるけど、リーチ差《さ》があるから僕《ぼく》と龍《りゅう》くんのシュートをブロックすることはできていない。

あせりからか隙《すき》も増《ふ》えてきて、着々《ちゃくちゃく》と点差《てんさ》が縮《ちぢ》まっていく。

試合時間《しあいじかん》が残《のこ》り1分《ぷん》になったとき、点差《てんさ》は1点《てん》になっていた……。

瀬戸中《せとちゅう》の選手《せんしゅ》が持《も》っているボールを、龍《りゅう》くんが軽々《かるがる》と奪《うば》った。

けれど、3人《にん》にマークされて、龍《りゅう》くんはそれ以上先《いじょうさき》に進《すす》めなくなった。

龍《りゅう》くんの位置《いち》からシュートを決《き》めるのはむりだけど、僕《ぼく》の今《いま》の位置《いち》なら狙《ねら》える。

僕《ぼく》をマークしている選手《せんしゅ》は小柄《こがら》だし、跳躍力《ちょうやくりょく》も普通《ふつう》だからブロックされる可能性《かのうせい》は極《きわ》めて低《ひく》い。

「龍《りゅう》くん……！」

手《て》をのばして、パスを求《もと》めた。

龍《りゅう》くんは一瞬《いっしゅん》僕《ぼく》を見《み》たけど、そのまま上《うえ》に飛《と》んだ。

えっ……そ、そこから……⁉

スリーポイントラインよりも、1メートルくらいはなれた位置《いち》から、シュートを打《う》った龍《りゅう》くん。

龍《りゅう》くんの手《て》からはなれたボールに、全員《ぜんいん》の視線《しせん》が集《あつ》まった。

――ガコン！

バックボードにあたって、ボールがネットをくぐった。

は、はいった……。

――ピー！！！

僕《ぼく》たちに3点《てん》が加《くわ》わって、試合終了《しあいしゅうりょう》のブザーが鳴《な》る。

68対《たい》66……勝《か》っ、た……。

それにしても……あ、あんなところからいれちゃうなんて……。

やっぱり、龍《りゅう》くんはかっこいいな……。

僕《ぼく》なんて、まだまだ到底及《とうていおよ》ばない……。

ちらりと、涼風《すずかぜ》さんのほうを見《み》た。

壱《いち》くんと大喜《おおよろこ》びしている姿《すがた》を見《み》て、僕《ぼく》も思《おも》わず笑顔《えがお》になる。

……かわいい、な……。

「みなさんおつかれさまっす……！　俺《おれ》が足《あし》ひっぱって、ほんとにすみませんでした……！」

壱《いち》くんが、ベンチからこっちに走《はし》ってきた。

「勝《か》ったから、気《き》にしなくていいよ～」

「負《ま》けてたら戦犯《せんぱん》だったけどな」

「壱《いち》もよくがんばったな。応援《おうえん》も、ありがとう」

龍《りゅう》くんの言葉《ことば》に、うれしそうに笑《わら》っている壱《いち》くん。

かっこよくて、たよりになって……僕《ぼく》にとって憧《あこが》れの人《ひと》。

何度《なんど》もたすけられたし、いちばん尊敬《そんけい》してる。

それなのに……。

「龍《りゅう》くん……ごめんなさい」

「影《えい》さん？　急《きゅう》にどうしたんっすか？」

あやまった僕《ぼく》を、みんなが不思議《ふしぎ》そうに見《み》ている。

「僕《ぼく》……涼風《すずかぜ》さんを、好《す》きになってしまいました……」

「……ええ!?」

壱《いち》くんは大《おお》きな声《こえ》をあげたけど、京《けい》くんと宮《みや》くんは落《お》ちついていた。

「……なんとなくそんな気《き》はしてたけど、まさか龍《りゅう》にカミングアウトするなんて」

「……ばか正直《しょうじき》ですね。ていうか、今《いま》？」

たしかに、今《いま》言《い》うことじゃないかもしれないけど……あやまらずにはいられなかった。

「龍《りゅう》くんの気持《きも》ち知《し》ってるのに……本当《ほんとう》にごめんなさい」

「あやまらなくていい」

そう言《い》って、表情《ひょうじょう》ひとつかえずに僕《ぼく》を見《み》た龍《りゅう》くん。

「だれが陽《よう》を好《す》きだろうと、関係《かんけい》ないからな。……だから、気《き》にしなくていい」

きっと……僕《ぼく》が気《き》にしないように、そう言《い》ってくれてるんだろう。

龍《りゅう》くんは、いつもそうだ……。

「やっぱり龍《りゅう》くんは、かっこいいね……」

僕《ぼく》だったら、きっと少《すこ》しは責《せ》めてしまうと思《おも》うのに。

人《ひと》としてできすぎていて、龍《りゅう》くんに勝《か》てる未来《みらい》が想像《そうぞう》できない。

でも……負《ま》けたくない。

「マジか……こんなイケメンふたりにとりあわれるとか、漫画《まんが》かよ……」

「恋敵《こいがたき》か～、俺《おれ》もいれてもらおっかな～」

「部内恋愛禁止《ぶないれんあいきんし》にしたほうがいいんじゃないですか……」

仕事《しごと》も、家族《かぞく》も……なにもかもあきらめて、逃《に》げてきたけど……涼風《すずかぜ》さんへの気持《きも》ちだけは、あきらめたくない。

胸《むね》を張《は》って——涼風《すずかぜ》さんのとなりに立《た》てるような人間《にんげん》に、なりたい。

……って、とっさに言《い》ったけど、涼風《すずかぜ》さんに聞《き》こえてないよね……!?

涼風《すずかぜ》さんのほうを見《み》ると、ほほえましそうに僕《ぼく》たちを見《み》ていて、なんの話《はなし》をしているのかは聞《き》こえていないみたいだ。

よかった……。

「涼風《すずかぜ》さん……！」

ほっと胸《むね》をなでおろしてから、僕《ぼく》は涼風《すずかぜ》さんのほうへと走《はし》りだした。

初勝利《はつしょうり》！

――ピー！！！

龍《りゅう》さんのスリーポイントシュートが決《き》まって、ブザーが鳴《な》った。

か……勝《か》った……！

「よっしゃああ!!　涼風《すずかぜ》、勝《か》ったぞ！」

となりでガッツポーズをしている壱《いち》さん。

勝《か》ったんだ……あんなに不利《ふり》な状態《じょうたい》から……本当《ほんとう》に……。

「やった……!!　勝《か》ちました……！」

うれしい……!!

興奮《こうふん》がおさまらなくて、壱《いち》さんの手《て》を握《にぎ》る。

最後《さいご》の龍《りゅう》さんのシュートも、かっこよかった……！

あんなところから決《き》めちゃうなんて……やっぱり龍《りゅう》さんはすごい……！

「すごかったですね！　壱《いち》さん！」

「……お、おいっ……」

え？

顔《かお》を真《ま》っ赤《か》にしている壱《いち》さんを見《み》て、首《くび》をかしげる。

「お、おまえ、喜《よろこ》びすぎ……」

あっ……し、しまった、無意識《むいしき》に手《て》を握《にぎ》ってしまっていたっ……。

「ご、ごめんなさいっ……」

はしゃぎすぎてしまった……は、はずかしい……。

「お、俺《おれ》、龍《りゅう》さんたちにあやまってくる……！」

そう言《い》って、コートのほうへと走《はし》っていった壱《いち》さん。

話《はな》しているみなさんの姿《すがた》を見《み》て、口元《くちもと》が緩《ゆる》む。

きっと、お互《たが》いの活躍《かつやく》を讃《たた》えあってるんだろうなっ……。

「涼風《すずかぜ》さん……！」

コートから、満面《まんめん》の笑《え》みの影先輩《えいせんぱい》が走《はし》ってきた。

私《わたし》の前《まえ》で立《た》ちどまって、手《て》をぎゅっと握《にぎ》りしめてきた。

TAKAMIYA
10

「「いやぁーー！！！」」

瀬戸中《せとちゅう》を応援《おうえん》していたはずの女子生徒《じょしせいと》から悲鳴《ひめい》があがった。

そういえば、影先輩《えいせんぱい》がメガネを外《はず》してから、瀬戸中《せとちゅう》にむけられていた黄色《きいろ》い声援《せいえん》がぜんぶ影先《えいせん》輩《ぱい》にむけられていた気《き》がする。

影先輩本人《えいせんぱいほんにん》は、まるで聞《き》こえてすらいないように見《み》むきもしていない。

ただきらきらした目《め》でこっちを見《み》ている影先輩《えいせんぱい》を見《み》て、にっこりとほほえんだ。

「影先輩《えいせんぱい》、おめでとうございます！　後半《こうはん》、影先輩《えいせんぱい》の加点《かてん》ラッシュすごかったです……！」

「涼風《すずかぜ》さんが応援《おうえん》してくれたおかげだよ……！　本当《ほんとう》にありがとう……！」

私《わたし》はなにもしていない。ぜんぶ、影先輩《えいせんぱい》ががんばったからだっ……！

「そ、その……」

なにか言《い》いかけて、視線《しせん》をそらした影先輩《えいせんぱい》。

「どうしたんですか……？」

先輩《せんぱい》は覚悟《かくご》を決《き》めたように、じっと見《み》つめてきた。

「これからもがんばるから……ずっと、応援《おうえん》していてほしい……」

え……？

バスケをがんばるから、バスケ部《ぶ》のマネージャーとして応援《おうえん》してほしいってことかな……？

「もちろんです！」

笑顔《えがお》で答《こた》えると、さっき以上《いじょう》にぱああっと影先輩《えいせんぱい》の顔《かお》がかがやいた。

「……かわいい」

「え？」

「あ……ち、ちが……あの、ありがとうっ……」

「号令《ごうれい》をするので集《あつ》まってください」

あ……そ、そうだっ……。

瀬戸中《せとちゅう》の審判《しんぱん》さんが、不機嫌《ふきげん》そうに声《こえ》を張《は》った。

冷《ひ》や汗《あせ》をうかべた影先輩《えいせんぱい》が、号令《ごうれい》のためにもどっていく。

「おまえ、あれ食《く》らって目《め》、大丈夫《だいじょうぶ》なのか？」

となりにいた壱《いち》さんが、宇宙人《うちゅうじん》を見《み》るような目《め》で私《わたし》を見《み》ていた。

「あれ？」

「影《えい》さんの笑顔《えがお》。あんなキラースマイル食《く》らったら、女子《じょし》はたおれるだろ……まぶしすぎて目痛《めいた》いわ……」

キラースマイル……？

あ……たしかに、メガネをとった影先輩《えいせんぱい》の素顔《すがお》は、モデルをやっていたのが納得《なっとく》なくらいきれいだった。

笑顔《えがお》もまぶしかったし、なんだかきらきらとした光《ひかり》の幻覚《げんかく》が見《み》えそうなくらいかっこいいってことは、私《わたし》にもわかる。

瀬戸中《せとちゅう》の女《おんな》の子《こ》たちが目《め》をハートにしていたのも、十分《じゅうぶん》うなずける。

「カゲがいるっていうから来《き》たんだけど……！」

「え！　ほんとにいる……！」

「待《ま》って……ますますイケメンになってるじゃん……っ」

あ、あれっ……よく見《み》ると、体育館《たいいくかん》のまわりにはすごい人数《にんずう》の女《おんな》の子《こ》たちがいた。

「影《えい》さんがメガネ外《はず》してから、女子《じょし》が来《く》るわ来《く》るわ……今日《きょう》日曜《にちよう》だぞ。なんだよこの応援《おうえん》の数《かず》、ライブかよ……」

応援《おうえん》に必死《ひっし》で気《き》づかなかった……え、影先輩《えいせんぱい》って、すごい有名《ゆうめい》なんだな……。

本人《ほんにん》はそれが苦《くる》しかったみたいだけど、大丈夫《だいじょうぶ》かな……少《すこ》し心配《しんぱい》だ……。

「「ありがとうございました！」」

あいさつをして、龍《りゅう》さんたちがベンチにもどってきた。

「陽《よう》ちゃ〜ん！　勝《か》ったよ〜！　褒《ほ》めて〜！」

「京先輩《けいせんぱい》、おつかれさまです！　宮《みや》さんも影先輩《えいせんぱい》も龍《りゅう》さんも壱《いち》さんも……みなさん本当《ほんとう》に本当《ほんとう》におつかれさまです……！　おめでとうございます……！」

「俺《おれ》はとちゅうで消《き》えたけどな」

正々堂々戦《せいせいどうどうたたか》っていて、すごくかっこよかった……！

「壱《いち》くんの応援《おうえん》もとどいてたよっ……！」

「ま、こんなもんだろ」

「はー、勝《か》った勝《か》った！　やったね俺《おれ》たち〜」

褒《ほ》め称《たた》えあっているみなさんを見《み》て、しあわせな気持《きも》ちになる。

「陽《よう》、応援《おうえん》ありがとう」

私《わたし》の応援《おうえん》なんて、全然《ぜんぜん》だけど……お祝《いわ》いムードに水《みず》をさしたらいけないと思《おも》って、素直《すなお》にうなずいた。

「……おい」

あ……瀬戸中《せとちゅう》の、人《ひと》たち……。

こっちに歩《あゆ》みよってきた瀬戸中《せとちゅう》の人《ひと》たちを見《み》て、壱《いち》さんが笑《わら》った。

「お、なんだよ負《ま》け犬《いぬ》」

「てめぇ……」

「壱《いち》、同《おな》じ土俵《どひょう》に立《た》つな。スポーツマンシップ」

「……はいっす」

りゅ、龍《りゅう》さんの考《かんが》え方《かた》はプレーヤーとして尊敬《そんけい》するけど……同《おな》じ土俵《どひょう》に立《た》つなっていうのも、いやみな気《き》が……あはは……。

でも、あんなに卑怯《ひきょう》なプレーをされていたから、少《すこ》しくらいいやみを言《い》いたくもなると思《おも》う。

いちばん前《まえ》に立《た》っているキャプテンらしき人《ひと》を見《み》ていると、彼《かれ》もこっちを見《み》た。

「あーあ……勝《か》ったら連絡先《れんらくさき》聞《き》こうと思《おも》ったのに……」

ん……？

「……だまれ。今後《こんご》一切《いっさい》、陽《よう》には近《ちか》づくな」

不機嫌《ふきげん》になった龍《りゅう》さんが、瀬戸中《せとちゅう》の人《ひと》をにらんだ。

「声《こえ》もかけるな。視界《しかい》にもはいるな。わかったな」

りゅ、龍《りゅう》さん……？

「な、なんだよ、おまえ女《おんな》ぎらいだったくせに、付《つ》き合《あ》ってんの……？」

「……」

「に、にらむなよ……」

龍《りゅう》さんに怯《おび》えているのか、彼《かれ》の顔《かお》が青《あお》ざめている。

はぁ……とため息《いき》をついてから、その人《ひと》は鋭《するど》い目《め》で龍《りゅう》さんたちを見《み》た。

「おまえら……今度《こんど》こそこてんぱんにしてやるから、全国大会《ぜんこくたいかい》こいよ」

全国大会《ぜんこくたいかい》……。

「はっ、なにが全国《ぜんこく》だ」

「なんだよ……県大会《けんたいかい》も突破《とっぱ》できねーのか？」

「おまえらだって準優勝《じゅんゆうしょう》だろ。つーか、てめーらとちがってこっちの県《けん》は激戦区《げきせんく》なんだよ」

「言《い》い訳《わけ》すんな。とにかく……次《つぎ》は絶対《ぜったい》に勝《か》つ」

これは……また戦《たたか》おうってことなのかな……？

あんな試合《しあい》をした後《あと》だし、瀬戸中《せとちゅう》の人《ひと》には苦手意識《にがていしき》があるけど……もし次《つぎ》があるなら、正々《せいせい》堂々《どうどう》と試合《しあい》をしてほしいな……。

退場《たいじょう》になった壱《いち》さん、本当《ほんとう》に辛《つら》そうだったから……もうあんな姿《すがた》は見《み》たくない。

「こんだけ有利《ゆうり》な状況《じょうきょう》で負《ま》けたくせに、俺《おれ》たちに勝《か》てるわけねーだろ」

「てめぇ……マジで生意気《なまいき》だなこら……」

「「カゲさま……！」」

喧嘩《けんか》がはじまりそうな空気《くうき》になってヒヤヒヤしたとき、女《おんな》の子《こ》たちの声《こえ》が体育館《たいいくかん》にひびいた。

あ、あれ……いつの間《ま》にか、女《おんな》の子《こ》たちにかこまれてるっ……。

みんな、目《め》をハートにして影先輩《えいせんぱい》を見《み》ていた。

「あの、連絡先《れんらくさき》教《おし》えてください……！」

「またモデルしないんですか……！」

「かっこよすぎる……握手《あくしゅ》してください！」

影先輩《えいせんぱい》に詰《つ》めよる女《おんな》の子《こ》たちに、影先輩《えいせんぱい》が「ひっ……」と怯《おび》えたような声《こえ》をもらした。

そのまますけを求《もと》めるように、私《わたし》のほうに身《み》をよせた。

え、影先輩《えいせんぱい》こわがってる……マ、マネージャーとして、守《まも》らなきゃ……！

「ねえ、さっきからその女《おんな》の子《こ》なに……？」

「まさか、カゲの彼女《かのじょ》……!?」

「そのマネージャーとどういう関係《かんけい》なんですか……!!」

ご、誤解《ごかい》が生《う》まれてるっ……！

こわい顔《かお》でぐいぐい近《ちか》づいてくる女《おんな》の子《こ》たちに、私《わたし》もひるんでしまった。

「に……逃《に》げよう……！」

影先輩《えいせんぱい》が、そう言《い》って私《わたし》の手《て》を握《にぎ》った。

「「「いやぁあー!!」」」

体育館《たいいくかん》が女《おんな》の子《こ》たちの悲鳴《ひめい》に包《つつ》まれる。

「あ、あの、私《わたし》、足《あし》が遅《おそ》くて……！　影先輩《えいせんぱい》、先《さき》に行《い》ってください……！」

とてもじゃないけど、逃《に》げ切《き》れる気《き》がしない。

足《あし》をひっぱってしまうだろうから、影先輩《えいせんぱい》だけでも逃《に》げてほしい……！

「……っ、涼風《すずかぜ》さん、ごめん……！」

「えっ……？　わっ……！」

突然《とつぜん》あやまられたと思《おも》ったら、次《つぎ》の瞬間宙《しゅんかんちゅう》にういていた。

いわゆるお姫《ひめ》さまだっこをされて、おどろきのあまりフリーズする。

「「「いやぁああー!!」」」

女《おんな》の子《こ》たちから、さっき以上《いじょう》に大《おお》きな悲鳴《ひめい》があがった。

「え、影先輩《えいせんぱい》っ……！」

「このまま逃《に》げるね……！　つかまってて……！」

私《わたし》をかかえたまま、走《はし》りだした影先輩《えいせんぱい》。

は、速《はや》いっ……！

「ぜ、全員《ぜんいん》で逃《に》げましょう……！　おい宮《みや》、おまえも荷物《にもつ》持《も》て！」

「アイドルかよ……」

「あ、むこうに裏口《うらぐち》あるっぽいよ！　みんな走《はし》れ～！」

「……」

落《お》ちないように、ぎゅっと影先輩《えいせんぱい》にしがみついた。

打《う》ち上《あ》げ

「「かんぱーい！」」

グラスが重《かさ》なる音《おと》と、壱《いち》さんと京先輩《けいせんぱい》の声《こえ》がひびいた。

なんとか影先輩《えいせんぱい》のファンの女《おんな》の子《こ》たちから逃《に》げて、瀬戸中《せとちゅう》から抜《ぬ》けだした私《わたし》たち。

その後《あと》、お腹《なか》が空《す》いたから打《う》ち上《あ》げも兼《か》ねてどこかに行《い》こうという話《はなし》になって、近《ちか》くのカラオケに来《き》た。

本当《ほんとう》はファミリーレストランにはいろうとしたけど、女《おんな》の子《こ》たちからの視線《しせん》がすごくて、変更《へんこう》になったんだ……あはは……。

「試合《しあい》よりも走《はし》った……影《えい》さんのファン、やばすぎ……」

「ここまでイケメンだったら、騒《さわ》がれるのもむりないね〜」

「い、イケメンじゃないよ……」

「うわっ……まぶしいから笑《わら》わないでください……！　苦笑《にがわら》いでその威力《いりょく》って……！」

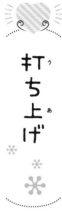

目《め》を細《ほそ》めている壱《いち》さんを見《み》て、影先輩《えいせんぱい》がとまどっている。

「つかれてお腹《なか》へったし、今日《きょう》は食《た》べよ〜」

「あ、俺《おれ》ピザ食《た》べたいっす！」

さっき走《はし》ったのもそうだけど、試合《しあい》でもスタミナを消費《しょうひ》しただろうし、みなさんお腹《なか》がぺこぺこみたいだ。

「陽《よう》ちゃんはなにたのむ？　ていうか、陽《よう》ちゃんもむりやり連《つ》れてきたけど、この後予定《あとよてい》なかった？」

「は、はい、大丈夫《だいじょうぶ》です。それより……私《わたし》まで打《う》ち上《あ》げに参加《さんか》させてくださって、ありがとうございますっ……」

私《わたし》は試合《しあい》にはでていないのに、声《こえ》をかけてもらえてすごくうれしかった。

「だから、おまえいちいち礼言《れいい》いすぎ。マネージャーなんだから当然《とうぜん》だろ」

「まるで打《う》ち上《あ》げはじめてみたいな感動《かんどう》っぷりだね〜」

「は、はい、はじめてですっ……！」

すごく感動《かんどう》しているし、打《う》ち上《あ》げに憧《あこが》れもあったから……わくわくがとまらなかった。

「は？」

なぜか私《わたし》の返事《へんじ》に、おどろいているみなさん。

「はじめてって……サッカー部《ぶ》ではなかったの？」

「あ……」

そ、そっか……だからおどろいていたんだ……。

変《へん》な空気《くうき》にしてしまいそうで、なんて返事《へんじ》をしようか悩《なや》んだけど、今更《いまさら》やっぱりはじめてじゃないですって言《い》うほうがおかしい気《き》がした。

「う、打《う》ち上《あ》げには、参加《さんか》しませんでした」

もちろん、サッカー部《ぶ》にも試合後《しあいご》は打《う》ち上《あ》げがあった。

だけど……先輩《せんぱい》のマネージャーさんたちから、私《わたし》は参加《さんか》したらダメって言《い》われていたから……

サッカー部《ぶ》の集《あつ》まりには一度《いちど》も参加《さんか》したことがない。

「おまえさ、サッカー部《ぶ》でなにがあったんだよ」

壱《いち》さんの言葉《ことば》に、びくっと体《からだ》がこわばる。

それは、一体《いったい》どういう意味《いみ》で……。

「……なにがあって、あんな悪《わる》いウワサが流《なが》れたんだ？」

え……？

ウワサどおり、どんないやがらせをしたのかを聞《き》かれたのかと思《おも》ったけど、壱《いち》さんの言《い》い方《かた》は
まるで、真実《しんじつ》を話《はな》せと言《い》っているみたいに聞《き》こえた。

もしかして……ウワサが本当《ほんとう》はちがうって、思《おも》ってくれてるの、かな……。

よく見《み》ると、ほかのみなさんも、心配《しんぱい》そうにこっちを見《み》ていた。

信《しん》じてもらえたみたいでうれしくて、ぐっと下《した》くちびるを噛《か》みしめる。

「あ、あの……いつか、お話《はな》ししても、いいですか……」

今《いま》はまだ……考《かんが》えが、まとまらなくて……うまく話《はな》せる自信《じしん》がない。

それに、このことを話《はな》せば、虎《とら》くんがひどい人《ひと》みたいに聞《き》こえてしまいそうで……それだけはいやだった。

虎《とら》くんのこと、きらいになったわけじゃないから。

虎《とら》くんにすくわれてきたのは事実《じじつ》だし、本当《ほんとう》のお兄《にい》ちゃんみたいに思《おも》っていた人《ひと》を、きらいになる日《ひ》なんてきっと来《こ》ない。

今《いま》はまだ、虎《とら》くんとも話《はな》せないけど……いつか、あいさつをできるくらいにもどれたらいいなと思《おも》ってる。

「いつかじゃねー、今言《いまい》え」

えっ……。

眉間《みけん》に皺《しわ》をよせてぐいっと顔《かお》を近《ちか》づけてくる壱《いち》さんにとまどっていると、壱《いち》さんの肩《かた》を宮《みや》さんがつついた。

「おい、急《せ》かすな」

「壱《いち》、デリカシーないよ〜」

「う、うん……話《はな》したいって思《おも》ったときに、聞《き》かせてほしいっ……」

「いつでもいい。待《ま》ってる」

みなさん……。

「あ、ありがとうございます……！」

私《わたし》……バスケ部《ぶ》のマネージャーになれて、よかった……。

今《いま》すごく楽《たの》しくて……しあわせだっ……。

「あの、みなさん今日《きょう》は本当《ほんとう》におつかれさまです……！　今日《きょう》だけじゃなくて、練習期間《れんしゅうきかん》も……がんばっているみなさんを見《み》て、私《わたし》もがんばらなきゃって思《おも》えました」

「ほんとにがんばりましたよね、俺《おれ》たち！」

「こんな本格的《ほんかくてき》に練習《れんしゅう》したことないもんね〜」

「大会《たいかい》のときですら、毎日朝練《まいにちあされん》はしなかったし」

「でも……練習《れんしゅう》の期間《きかん》もずっと、楽《たの》しかった」

ふりかえるように、話《はな》しているみなさん。

「普通《ふつう》に考《かんが》えて、準優勝《じゅんゆうしょう》の学校相手《がっこうあいて》に4対《たい》5で勝《か》ってやばいっすよ！　なんかここまできたら、どこまでいけるか試《ため》してみたいっすね！」

「僕《ぼく》も……もっと本気《ほんき》でバスケしたいっ……」

「俺《おれ》は当分休《とうぶんやす》みた〜い……！　女《おんな》の子《こ》とも全然遊《ぜんぜんあそ》んでないし……ま、陽《よう》ちゃんがいるから部活《ぶかつ》も悪《わる》くないか」

「……さすがに毎日《まいにち》はきついっすけど、まあたまになら朝練《あされん》もいいっすよ」

やる気《き》になっているみなさんを見《み》て、私《わたし》までうれしくなる。

心《こころ》なしか、龍《りゅう》さんも喜《よろこ》んでいるように見《み》えた。

龍《りゅう》さんはずっと、みなさんのやる気《き》をだしたいって言《い》ってたけど……今回《こんかい》の試合《しあい》で、それが叶《かな》ったかな……？

「本気《ほんき》でやれば、マジで全国《ぜんこく》も行《い》けちゃうんじゃないっすか？」

「陽《よう》ちゃん、調子乗《ちょうしの》るなって言《い》ってあげて〜」

私《わたし》は……本当《ほんとう》に、そうなんじゃないかって思《おも》う。

「みなさんなら、どこまでも行《い》けちゃいそうな気《き》がします」

笑顔《えがお》でそう伝《つた》えると、なぜかみなさんが顔《かお》を赤《あか》くした。

「やっぱり、陽《よう》ちゃんのキラースマイルのほうが効果抜群《こうかばつぐん》かも……」

キラースマイル……？

「こほん……つーか、なんで他人《ひと》ごとなんだよ」

「え？」

「そうだぞ。おまえもバスケ部《ぶ》のメンバーだろ」

壱《いち》さん、宮《みや》さん……。

「うんうん、今日勝《きょうか》てたのも、陽《よう》ちゃんがサポートしてくれたおかげだよ」

「涼風《すずかぜ》さんがいなかったら、絶対《ぜったい》に勝《か》てなかった……」

「MVP《エムブイピー》は陽《よう》だ」

京先輩《けいせんぱい》も、影先輩《えいせんぱい》も、龍《りゅう》さんも……仲間《なかま》だと言《い》ってもらえたみたいで、胸《むね》が熱《あつ》くなった。

「改《あらた》めて言《い》っておく。俺《おれ》は……このバスケ部《ぶ》で、本気《ほんき》で全国《ぜんこく》に行《い》くつもりだ」

龍《りゅう》さんの言葉《ことば》に、みなさんもうれしそうに口角《こうかく》をあげた。

「おまえたちを信《しん》じてる」

うそのない龍《りゅう》さんの言葉《ことば》だから、きっとみなさんの心《こころ》に、まっすぐとどいたはずだ。

「……ということだから、陽《よう》」

え……わ、私《わたし》？

「ますます忙《いそが》しくなるかもしれないけど、ついてきてくれる？」

龍《りゅう》さんの言葉《ことば》に、私《わたし》は笑顔《えがお》で返事《へんじ》をした。

「もちろんです……！」

どこまでだって、ついていかせてほしい。

ううん……ついていくだけじゃなくて……私《わたし》も背中《せなか》をおせるような存在《そんざい》になりたい……！

最高《さいこう》のマネージャーに、なるんだ……。

それが今《いま》の、私《わたし》のいちばんの目標《もくひょう》だっ……！


【END《エンド》】

あとがき

こんにちは、＊あいら＊です！

『高宮学園《たかみやがくえん》バスケ部《ぶ》の最強《さいきょう》プリンス』を読《よ》んでくださって、ありがとうございます！

『高宮学園《たかみやがくえん》バスケ部《ぶ》の氷姫《こおりひめ》』の続《つづ》きになる今作《こんさく》では、正式《せいしき》にバスケ部《ぶ》のマネージャーになった陽《よう》ちゃんが奮闘《ふんとう》しながら、初《はじ》めての練習試合《れんしゅうじあい》に挑《いど》んだ回《かい》でした……！

バスケ部《ぶ》メンバーと絆《きずな》を深《ふか》めながら、影《えい》くんや龍《りゅう》くんとの恋《こい》が進展《しんてん》していくのを書《か》かせていただくのはとっても楽《たの》しかったです……！

今回《こんかい》、影《えい》くんは朝起《あさお》きることができないという悩《なや》みがありましたが、私自身《わたしじしん》も中学生《ちゅうがくせい》の時《とき》は何《なに》をしていても眠《ねむ》くて、授業中《じゅぎょうちゅう》に起《お》きていられないことが多々《たた》ありました。

読者《どくしゃ》さまの中《なか》にも、影《えい》くんと同《おな》じ悩《なや》みを持《も》っている方《かた》がいらっしゃると思《おも》うのですが、人《ひと》にはそれぞれ向《む》き不向《ふむ》きがありますし、その日《ひ》の体調《たいちょう》もあると思《おも》うので、影《えい》くんのように自分《じぶん》を責《せ》めないでほしいなと思《おも》います……！

私《わたし》はこの世界《せかい》が、自分《じぶん》のペースで生《い》きていけるような世界《せかい》になればいいなと願《ねが》っています！

それでは最後《さいご》に、『高宮学園《たかみやがくえん》バスケ部《ぶ》の最強《さいきょう》プリンス』に関《かか》わってくださった方々《かたがた》に、お礼《れい》をのべさせてください！

『高宮学園《たかみやがくえん》バスケ部《ぶ》の氷姫《こおりひめ》』に続《つづ》き、素敵《すてき》なイラストを描《か》いてくださったムネヤマヨシミ先生《せんせい》！

素敵《すてき》なデザインにしあげてくださったデザイナー様《さま》！

いつも陽《よう》ちゃんのような包容力《ほうようりょく》と優《やさ》しさで導《みちび》いてくださる担当編集様《たんとうへんしゅうさま》！

集英社《しゅうえいしゃ》みらい文庫編集部《ぶんこへんしゅうぶ》の皆様《みなさま》、書店《しょてん》の方々《かたがた》、そしてこのあとがきを読《よ》んでくださっている皆《みな》様《さま》！

全《すべ》ての方《かた》に、心《こころ》より感謝申《かんしゃもう》し上《あ》げます！

あらためて、ここまで読《よ》んでくださって本当《ほんとう》にありがとうございました……！

『高宮学園《たかみやがくえん》バスケ部《ぶ》の最強《さいきょう》プリンス』を読《よ》んでくださった全《すべ》ての方《かた》に、幸《しあわ》せが訪《おとず》れますように！

＊あいら＊

※＊あいら＊先生《せんせい》へのお手紙《てがみ》はこちらに送《おく》ってください。

〒101－8050　東京都千代田区一ツ橋《とうきょうとちよだくひとつばし》2－5－10

集英社《しゅうえいしゃ》みらい文庫編集部《ぶんこへんしゅうぶ》　＊あいら＊先生《せんせい》

集英社みらい文庫

高宮学園《たかみやがくえん》バスケ部《ぶ》の最強《さいきょう》プリンス

絶対的《ぜったいてき》エースと隠《かく》れイケメンに溺愛《できあい》されて!?

＊あいら＊　作

ムネヤマヨシミ　絵

ファンレターのあて先
〒101-8050　東京都千代田区一ツ橋2-5-10　集英社みらい文庫編集部
いただいたお便りは編集部から先生におわたしいたします。

2025年2月26日　第1刷発行

発行者　今井孝昭
発行所　株式会社 集英社
〒101-8050　東京都千代田区一ツ橋2-5-10
電話　編集部 03-3230-6246
読者係 03-3230-6080
販売部 03-3230-6393（書店専用）
https://miraibunko.jp
装丁　東海林かつこ（next door design）　中島由佳理
印刷　大日本印刷株式会社　TOPPAN株式会社
製本　大日本印刷株式会社

★この作品はフィクションです。実在の人物・団体・事件などにはいっさい関係ありません。

ISBN978-4-08-321890-3　C8293　N.D.C.913　186P　18cm

第14回みらい文庫大賞
大《たい》賞《しょう》受《じゅ》賞《しょう》作《さく》
死《し》にたくないならサインして
作 日《ひ》部《べ》星《せい》花《か》
絵 wogura《をぐら》
正義《せいぎ》の味方《みかた》か？地獄《じごく》の使者《ししゃ》か？
超《ちょう》・新《しん》感《かん》覚《かく》ホラー!!
第《だい》2弾《だん》2025年《ねん》3月《がつ》21日《にち》(金《きん》)発《はつ》売《ばい》!!

だってわたしは、
怪異対策《かいいたいさく》コンサルタントですから！
まずはサインをしてもらって、それから
お話《はなし》を聞《き》かせてくれませんか？
死にたくないならサインして
裏切り
ニセモノ
狐狗狸
日部星花
wogura
第《だい》1弾《だん》
大好評《だいこうひょう》につき
重版出来《じゅうはんしゅったい》!!!
死にたくないならサインして
日部星花
wogura
裏切《うらぎ》り
ニセモノ
狐狗狸《こっくり》
第《だい》2弾《だん》
自業自得《じごうじとく》
さとるくん
呪《のろ》いの楽譜《がくふ》

何度《なんど》読《よ》んでも胸《むね》がアツくなる
超人気《ちょうにんき》まんが
ジャンプコミックス
ハイキュー!!
全《ぜん》45巻《かん》
古舘春一《ふるだてはるいち》
絶賛発売中《ぜっさんはつばいちゅう》!!
JUMP COMICS
MSBY
ハイキュー!!
挑戦者たち
45
古舘春一
誰《だれ》よりも長《なが》く〝勝《か》って〝コートに立《た》っていたい――!!
お前《まえ》
……
もう
ベンチ
下《さ》がれ
…スパイカーの
前《まえ》の壁《かべ》を
切《き》り開《ひら》く…
キュ
その為《ため》の
セッターだ
中学生《ちゅうがくせい》のころバレーボールで
苦《にが》い思《おも》いをした
日向《ひなた》と影山《かげやま》が出会《であ》ったとき
名《めい》コンビが誕生《たんじょう》する!!
おれにトス、
持《も》って来《こ》い!!!
「最強《さいきょう》の敵《てき》」が
今度《こんど》は
「最強《さいきょう》の味方《みかた》」に!!!

「みらい文庫《ぶんこ》」読者《どくしゃ》のみなさんへ

言葉《ことば》を学《まな》ぶ、感性《かんせい》を磨《みが》く、創造力《そうぞうりょく》を育《はぐく》む……、読書《どくしょ》は「人間力《にんげんりょく》」を高《たか》めるために欠《か》かせません。

たった一枚《いちまい》のページをめくる向《む》こう側《がわ》に、未知《みち》の世界《せかい》、ドキドキのみらいが無限《むげん》に広《ひろ》がっている。

これこそが「本《ほん》」だけが持《も》っているパワーです。

学校《がっこう》の朝《あさ》の読書《どくしょ》に、休《やす》み時間《じかん》に、放課後《ほうかご》に……。いつでも、どこでも、すぐに続《つづ》きを読《よ》みたくなるような、魅力《みりょく》に溢《あふ》れる本《ほん》をたくさん揃《そろ》えていきたい。読書《どくしょ》がくれる、心《こころ》がきらきらしたり胸《むね》がきゅんとする瞬間《しゅんかん》を体験《たいけん》してほしい、楽《たの》しんでほしい。みらいの日本《にほん》、そして世界《せかい》を担《にな》うみなさんが、やがて大人《おとな》になった時《とき》、「読書《どくしょ》の魅力《みりょく》を初《はじ》めて知《し》った本《ほん》」「自分《じぶん》のおこづかいで初《はじ》めて買《か》った一冊《いっさつ》」と思《おも》い出《だ》してくれるような作品《さくひん》を一所懸命《いっしょけんめい》、大切《たいせつ》に創《つく》っていきたい。

そんないっぱいの想《おも》いを込《こ》めながら、作家《さっか》の先生方《せんせいがた》と一緒《いっしょ》に、私《わたし》たちは素敵《すてき》な本作《ほんづく》りを続《つづ》けていきます。「みらい文庫《ぶんこ》」は、無限《むげん》の宇宙《うちゅう》に浮《う》かぶ星《ほし》のように、夢《ゆめ》をたたえ輝《かがや》きながら、次々《つぎつぎ》と新《あたら》しく生《う》まれ続《つづ》けます。

本《ほん》を持《も》つ、その手《て》の中《なか》に、ドキドキするみらい――。

本《ほん》の宇宙《うちゅう》から、自分《じぶん》だけの健《すこ》やかな空想力《くうそうりょく》を育《そだ》て、〝みらいの星《ほし》〟をたくさん見《み》つけてください。

そして、大切《たいせつ》なこと、大切《たいせつ》な人《ひと》をきちんと守《まも》る、強《つよ》くて、やさしい大人《おとな》になってくれることを心《こころ》から願《ねが》っています。

2011年《ねん》　春《はる》

集英社《しゅうえいしゃ》みらい文庫編集部《ぶんこへんしゅうぶ》